EN SNEKKERS DAGBOK

あるノルウェーの大工の日記

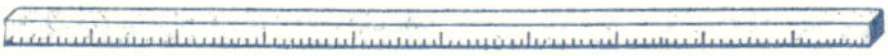

オーレ・トシュテンセン

牧尾晴喜
監訳

OLE THORSTENSEN

X-Knowledge

あるノルウェーの大工の日記

オーレ・トシュテンセン

本書はNORLA（ノルウェー文学海外普及協会）の
助成を受けて出版されています。

装丁：水戸部 功

私には感謝を伝えたい人々が大勢いて、
誰一人として忘れるわけにはいかない。
トールン・ボルゲはもう亡くなっているが、
彼女をそういった人々の代表としたい。

目次

※本文中の[ ]内は訳注を表す。

I

私は木を扱う仕事をしている。いわゆる「大工」だ。大工職人の免許と、大工たちを統率する親方の免許、その両方を持って仕事をしている。

職人として大工の技能を身に付け、親方として経営の手法を学んだ。自分の手を動かす仕事の方が、私にとっては事業経営よりもずっと大きな意味を持つ。だからこそ大工職人の資格は何よりも重要だ。

手仕事とは、とりたてて神秘的なものでもない。依頼人の注文に従って行うだけだ。つまり、誰かの要望があってはじめて仕事になる。

私は、請負《うけおい》業者にして起業家、そしてビジネスマンともいえる。しかし私自身は自分のことを大工だと思っている。小さな工務店を経営している大工だ。

建設業界では、私たちのような小規模事業者は、大企業が食指を動かさないような小さな案件を請け負う。大企業は新たな都市デザインや宅地開発、さらには病院、学校、保育園や商業施設を建設するのに忙しいからだ。

いっぽう、小さな会社は浴室を一つ一つ改装し、家屋の窓を交換し、車庫を建てる。新しい一戸建て住宅も、小規模事業者が手がけることが多い。そして郵便受けを取りつけるのも。ノルウェーにある約２５０万戸の住宅の大多数に、メンテナンスやリフォームの工事を行うのも私たちなのだ。

小規模事業者はたくさんいるので、言うまでもなくさまざまなタイプの業者がいる。ライバルでもある同業者たちが千差万別であることは、私たち自身が一番よく知っている。仕事の速い遅いや上手下手もあれば、不機嫌な者も陽気な者もいる。仕事の報酬も安い者から高い者までいるし、正直な者もいれば不正直な者もいる。

私はノルウェーの首都オスロ市内のトイエン［オスロ中心部にある住宅地］に住んでおり、現場の大半はオスロ東部だ。オスロの西部や、隣接するシー市やオース市、ちょっと離れたアスケー市からも注文を受けたことがある。別の土地の出である私は、仕事を通じてオスロの街を知るようになった。誰かと一緒に街を歩けば、つい足を止めてあちらこちらを指さし、あのドアは私が取り付けた、あそこの屋根裏は私が改築した、あの家のお風呂は私が改装した、と口をついて出る。仕事で作ったものは決して忘れないから、土地勘のない私が街を知るにはうってつけの方法だ。

私には従業員もいないし、事務所も倉庫もない。大工道具は各種の機材や、接着剤のような凍結に弱い材料と共にアパートメントの収納部にしまっている。ねじや釘などはすべて屋根裏だ。大工道具は私の分身のようなものだ。道具を大切に扱うことは、大工という職業、仕事、そして自分自身に対する敬意でもある。


やや古ぼけた作業用バンを、道路脇に空いた場所を見つけて駐車してある。毎日仕事が終わると、仕事道具をアパートメントに運びあげる。車の中に入れたままにしておくのは安全とはいえない。車の窓は中が見えるように開けてある。空っぽだと分かれば、荒らそうとする者もいないだろう。

私のアパートメントは三階にあるので、道具を持って昇り降りするのは大変だ。ただ、今では仕事の計画をきっちりと立て、必要なものだけそろえて持っていくことに慣れたので、何度も往復する手間は省けるようになった。

リビングは私の事務所でもある。アパートメントはそう広くないので、フォルダや書類は扉のついたキャビネットで保管している。そうすれば仕事の時以外は目に入らない。事務作業はどうやっても避けられないが、自宅に事務所があるというのは気疲れする。旅は終わったのに、もう一度重い荷物を持ち上げて背負うようなものだ。目的地にたどりつき、ほっと息をついて通ってきた景色を眺める瞬間はなかなか訪れない。現場での仕事が終わると、私はキャビネットの扉を開けてその仕事のファイルを取り出し、パソコンを立ち上げて付加価値税を納め、メールを打ち、書類を整理して表に必要事項を記入し、見積もりを作成しなければならない。この手の作業に費やす時間は、大工道具に触れている時間よりはるかに長い。

個人事業というのは、私的なことと業務の間の線引きが難しい。自分の使う道具や建材はこの手でじかに触れるものだし、仕事の出来ばえやその対価から私自身を切り離すこともできない。私のドリル、私の車、私の造る床、私が建てる家や決算表は、私自身と固く結びついている。

時にはその関係性があまりにも密に感じることがあるが、それは決してネガティブな意味ばかりではない。自分のしていることは、家を建ててほしいと依頼してきた顧客のみならず、私自身にとっても大きな意味がある。そう実感できることは、とても大事なのだ。私にはたいていの会社勤めの人たちが当たり前と考えている保障がなく、経済的にも仕事上でも裸同然なのだから。

　私は替えの利く、壊すこともできる、消えていくものを造ることで生計を立てている。それがこの職業の一面でもある。私たちを取り囲む建物は、日々の生活の上で必須でありながら、同時に重要なものではない。だからこそたとえ大聖堂が全焼しても、人命さえ失われなければ「良かったね」と言えるのだ。

　今請け負っているキェルソス地域［オスロ市内の北部にある地域］の仕事もそろそろ終盤だ。あと三週間もすれば、私は無職になる。私はいつもこんな風に、現場に出て作業をしながら次の依頼を探している。

2

私はリビングにいる。11月の夜、外は寒く雨が降っている。ステレオからはキャプテン・ビーフハートの歌が流れている。昨夜は遅くなったから、「月を見上げながら僕はずっと歩き続けた」［楽曲「Sure Nuff 'N' Yes I Do」の一節。］という歌詞がぴったりだ。この曲は皿洗いにも合うだろうと手を付けたが、電話が掛かってきて中断した。知らない番号だ。

「もしもし」

「はじめまして。私はヨン・ペータセンといいます。ヘレーネ・カールセンの紹介でお電話しています」

「ああ、〝ヘレーネ&ボーイズ〟ですね、トーショヴ［オスロ市内の一地区］の。では大工仕事のご依頼ですか?」

〝ヘレーネ&ボーイズ〟はトーショヴに住む一家で、2年前、彼らの家の屋根裏を改築した。感じの良い家族で、良い仕事だった。90年代に人気のあったフランスのテレビドラマ

『ヘレーネ&ボーイズ』の主人公一家と同じく、ヘレーネと夫、二人の息子という家族構成だったので、そう呼んでいたのだ。彼らもその呼び名を気に入っていたと思う。でもヨン・ペータセン氏がそのことを知るわけはない、とそこで気がついた。

「ええ、私たちもトーショヴに住んでいます。うちも屋根裏を改築する予定なので、きちんと仕事のできる職人さんを探しているんですよ。最近はいろんな業者がいますからね」

彼はほのめかすような口ぶりで言った。

「腕の良い人にお願いしたいと思っていたところ、ヘレーネがずいぶんあなたの仕事ぶりをかっていたので……」

ヨン・ペータセン氏はヘレーネ一家がロフトをどんな風に使っているかを話し、自分たちも同じようにしたいのだと言った。ペータセン一家の住むコーポラティブハウスの管理組合［集合住宅に済む住人たちで作る法人組織で、各世帯が家屋の持ち分を所有している。］が、屋根裏を居住用にリフォームすることをようやく承認したのだという。こういった案件が組合を通るのはなかなか難しい。変化を嫌い、不必要だと思う人は必ずいるものだ。だが、彼らはなんとか許諾を得て、リフォーム用に屋根裏の一部を買えるようになったらしい。

「少しだけ質問させて下さい。その屋根裏を、現在住んでいるアパートメントとつなげる予定でしょうか？」

「ええ、リビングから屋根裏まで階段を作ってもらいたいんです。アパートメントの壁を取り払ったので、リビングとキッチンは一部屋になっています」

「設計と建築申請は済みましたか？　構造計算報告書は作成してもらいましたか？」

設計は済んでいて、設計士による作業の仕様書と詳細配置図も完成しているようだ。建築申請も提出済みで、もうすぐ承認が下りる予定だという。私は、もし引き受けるならば、現場作業は自分でするつもりだと言った。私には長年の付き合いがある職人仲間がいる。自分で職人を調達するか、すべての作業を外注に出すかは事業者にとって重要な違いだ。職人であることと仲介業者であることとの間には、大きな差がある。

どうやらペータセン氏はあと2つの業者に声をかけ、入札方式で決めようとしているらしい。悪くない。もし5つだったら私は降りていただろう。勝算が低すぎる。

業者の数を絞ることは、施主《せしゅ》の側にもメリットがある。あまりに入札者が多ければ、一流の大工は参加しないだろう。私が一流かどうかは別にして、私と同じように考える者は少なくないはずだ。有能な大工ならこの手の入札の確率は心得ているし、施主のこともそれなりに値踏みする。入札業者の数を増やして腕利きの職人を遠ざけるより、３つに絞る施主の方が、質の高い仕事をしてもらえるのだ。

ひとつの方法としては、まずは10社の事業者を調べてみることだ。見積もりを頼む前に、施主の方で各社のそれまでの業績、財務状況、得意な工事の傾向を確認すればいい。見積もりの作成には意外に時間がかかるものだ。

こうした経緯を経て、入札に誘われる3つの会社のうちの一つになれたら嬉しいものだ。そうすれば受注できる確率もそれなりにある。

ヘレーネ一家のためにやった仕事は良い推薦状になるだろう。実際、一家が入札を行った時にも、こんなやり方で仕事を受注したのだった。

さらに話を続けていると、ペータセン氏がノルウェー国鉄に勤務していることが分かった。経営側の役職だという。奥さんのカーリ夫人はオスロ市の文化局の職員だそうだ。それ以上詳しくは話さなかったが、ペータセン氏も奥さんも、屋根裏の改築のことはあまりよく知らないようだった。彼は自分たちがこういった大工仕事に関してはいかに疎いか、職人をどれほど頼りにしているかを語った。

夫妻には男の子が二人いて、今の住居では手狭になってきたという。そこでもっと広い家を探し始めたところ、屋根裏を改築するという選択肢に気が付いた。建物自体やトーショヴの街は気に入っているので、その線で進めることにしたというわけだ。

これまでに彼らが関わったのは管理組合と建築士［ノルウェーでは建築学で学位を持つ人物で、都市環境、建造物、インテリア、エクステリア等を計画する］、それから建築士を通して設計士［ノルウェーでは大学教育あるいは職能教育で学士教育を受けた人物を指し、公的資格名ではない］や都市計画建築局［ノルウェーの行政機関で各都市の総合的なエリアプランニングを行う］とも話したそうだ。そうした事務的な折衝は彼らの普段のビジネスと共通点も多いため、今後進めなければならないこと——つまり実際の建築の話よりも分かりやすいのだろう。ペータセン氏は書類上の建築関連の手続きに、すでに一年以上かけていた。彼がすぐにでも作業に着手してほしいと考えているのは手に取るように分かった。だから私は問題をこれ以上複雑にしないように、あるいは面倒を増やさないように気を付けなければならない。

書類仕事の良い点は、すぐに元に戻せることだ。紙の上に書かれていることは、実行されなければたいして意味はない。だが大工は、それに現実として向き合わなければいけない。とりあえず建ててみて、うまくいかなければ壊してまた新しいのを造るなんてことはできないのだ。もちろん施主が金を払ってくれれば話は別だが、そういうことはまずない。

私にとって、理論や理屈の部分は、完成した仕事のイメージを描くための素材である。

ネジ、くぎ、各材料のリニアメーター［板、パイプ、フェンス等細長い物の1m長さの単位］を数え、作業時間を計算する。どうやって仕事を進めるのか、頭の中で一本の映画を流してみるのだ。施工図がその台本だ。施主にとって一番の関心事はもちろん職人が完成を宣言した時の実物だが、ある意味では、彼らには台本よりも書類上の文章の方が分かり易い。ひとたび改築作業が完成したら、みな設計図や仕様書のことなど忘れてしまう。もはや無用の長物だからだ。だが、元の屋根裏と完成したロフトをつなぐ架け橋になるのはこうしたものだ。

施主も建築士も設計士も、私は目の前の作業だけで手一杯だろうと考えている。そうした視点の違いが往々にして、彼らと職人である私の間に一定の距離を生む。

建築士にはできる限り建築現場に足を運び、施主が望む完成形に向けて最良の作業ができるように、職人と直接話をしてほしい。多くの職人が私と同じ気持ちだろう。だがたいていの場合、建築士は建築現場に姿を見せず、設計士も図面を引く前に現場に行かない。時折、私は彼らをなだめすかして――実際そんなふうに感じるのだ――事務所から現場に誘い出すことに成功する。そういう時には、概してそうではなかった場合に比べて良いものができる。費用の面でも作業の上でも効率的になり、屋根裏の改築であれば、生活スペースもずっと住みやすいものになる。

私が職人として働いてきた25年の間に、建設業界のアカデミックな人々、つまり建築士や設計士と職人の関係は悪くなっている。業界でアカデミックな傾向が強まるにつれて、職人が自分の培ったノウハウを仕事に活かすことは少なくなってしまった。かつてはそれが当たり前のことだったのだが。

互いに協力しあう仕事のやり方を学ぶチャンスがなければ、自分に何が足りないのかを知ることもできない。役割が細分化され、それぞれが専門の仕事だけをすることに、皆慣れきってしまっている。

その反面、業界内の諸々のルールは職人の基準でできているわけではないから、職人の方では施主、建築士、設計士と協力関係を築き、賢く立ち回らなければならない。実際には表裏一体の話ではある。

3

私は屋根裏の改築が好きだ。

空間の雰囲気、屋根を支える小屋組、防火構造、材料、仕上げ、施主との話し合いなど、屋根裏の改築にまつわるすべてが好きなのだ。素材や工法などの質の違いはすぐに結果として表れ、長期的な影響も及ぼす。成果が目に見える仕事なのだ。作業を始めた時には、手に触れるものすべてが歴史の詰まった古びたものだったのが、完成する頃にはまったく違う、新しいものへと生まれ変わっている。

今回のような古い建物だと、自分が１３０年前にこの家を建てた人々の仕事を引き継いでいるような気分になる。作業の間隔は長く空いているが、それでも確かにつながっている。当時は物干しとして屋根裏が使われることが多かった。今ではそのためにここを使う者はほとんどいないが、代わりに物置としての役割が重要になっている。私たち現代人は物を溜め込みすぎる。古い屋根裏を改築すると、１３０年の間、人々が生活してきた形跡に触れ、その歴史が身近に感じられる。雨漏りの跡、洗濯紐、古いケーブル、ダクト、それにアスベストも残っているかもしれない。

ペータセン一家が住んでいるヘーガマン通りの集合住宅は１８９０年頃に建てられた。市内の集合住宅に電気設備が普及したのは、１９００年代の初め頃だ。たまに、通電はしていないが昔のガイシ［絶縁性を高めるために、電線を天井から離すのに使われていた陶器製の器具］からガイシまで黒いコードが渡っていることがある。初期の電気設備の名残だ。ダクト周辺のアスベストはおそらく１９３０年ごろに用いられたものだ。

壁の中や屋根の部分から出てくる新聞［当時新聞は断熱材として使われていた］は、その建物にかつて住んでいた人のことを物語る。１９３０年頃には、その人が読む新聞と政治的な立場には深い関係があった。アフテンポステン紙［ノルウェーの大手全国紙］や商業海事新聞［海事関連の業界紙］が出てくる場合には、この収納スペース［集合住宅の地下や屋根裏にはよく区切られた収納スペースがあり、各家庭に割り当てられている］を保有していたかつての住人は労働党支持者ではなかったということになる。ナショーネン紙［ノルウェーの全国紙で、農業又は地方ニュースを取り上げることが多い］はおそらく農業の盛んな地域から引っ越してきた人のものだろう。労働新聞が見つかるのはたいていオスロ東部だ。

私は第二次大戦中の新聞を一部持っている。ドイツの前線での勝利を報じる、１９４５

年5月発行の国民連合［ノルウェーのファシズム政党］の機関紙「自由国民新聞」だ。フォト通りのある屋根裏で見つけたのだが、かつての住人がどうしてこの新聞を保管していたのかは謎だ。私と同じように、歴史的価値があると思ったのか、それとも政治的に共感していたのだろうか。

今回改築する建物の屋根構造は素晴らしい。無駄がなくて正確だ。各部分が明確に独自の機能を果たしていて、ごまかしがなく、物理的合理性を追求している。大きく荒削りな職人技のディテールもみごとだ。

重い木骨造り《もっこつづく》［外観は煉瓦造りや石造りであるが、骨組みは木で造ってある建築］は、当時の職人が用いていた典型的な建築技術だ。組み立てキットのナンバリングのように文字とローマ数字が各部分に刻まれている。これはプレハブ工法の初期の形態で、当時の職人が時間を無駄にはしなかったことを示す。彼らはまず設計図を作り、作業しやすい場所で各部分を作ってから、建築現場で素早くそれを組み立てた。作業の工程では、偶然に左右される要素はできるだけ省いていた。もう修得している職人はほとんどいないものの、これはシンプルだが技術を要する建築方法だ。私は自分の持てる知識と技術を使い、これを現代版のやり方で行う。

4

ヨン・ペータセン氏から、建築士のプランと設計士の描いた図面が、仕事内容の簡単な説明と一緒に送られてきた。これらの書類を基に、１００万クローネ［日本円にして約１３００万円］以上にもなる作業の見積もりを作らなければならない。ロフトが完成した暁にはこの図面の通りに、ただしその50倍の大きさになっているはずだ。子供の頃に作った模型飛行機と同じだが、模型と違うのは中身が重要なところだ。また組み立てキットのようにパーツは完成していないし、番号もついていない。

図面を見ても、それを理解するのはそう簡単ではない。実際に屋根裏に足を運んで現場を見なければならないし、施主が何を考えているのか、何を望んでいるのかを把握する必要もある。間取りには、すべて理由があるものだ。それが建物の構造に由来することもあれば、施主の頭にある完成した部屋の「コンセプト」から来ていることもある。施主の願望と、施工図が示すものの間には差があることもしばしばだ。実際にできあがったものとの差は、もっと大きいかもしれない。私でも図面の裏にある意図を飲み込むにはかなり時間がかかるので、これは仕方がない面もある。とにかく、屋根裏を改築する理由を理解すれば、作業もやり易くなるのだ。

次ページの図面は、屋根裏の改築する部分の断面図と、上から見た間取りだ。床面積は60平方メートル、ここに子供部屋、リビング、それにバスルームを造る。その上に中二階を造る。共用階段空間へのドアは屋根裏の階からの非常出口で、屋根裏と下のアパートメントは半螺旋階段で結ぶ。床は合板［厚さ5ミリ以下の薄い板を重ねて張り合わせてつくられた板］ではなく、無垢木材のフローリングにする。床に少々お金をかけるのは賢いことだ。合板より一枚張りの方が長持ちするし、仕上がりがきれいだ。時折、一枚張りの床を造らせてもらうと良い気分になる。

私は今から8ヶ月後、約１００万クローネを掛けてこの図面通りに作られた屋根裏に自分が立っている様を思い浮かべようとした。仕事の全体像を把握するには少々時間がかかるが、それは無駄な時間ではない。

時には施主を少々刺激して、どうしてこうしてほしいのですか？　その理由は？　と質問責めにして、彼らを悩ませることもある。施主に考えを自分自身の言葉でまとめ、説明

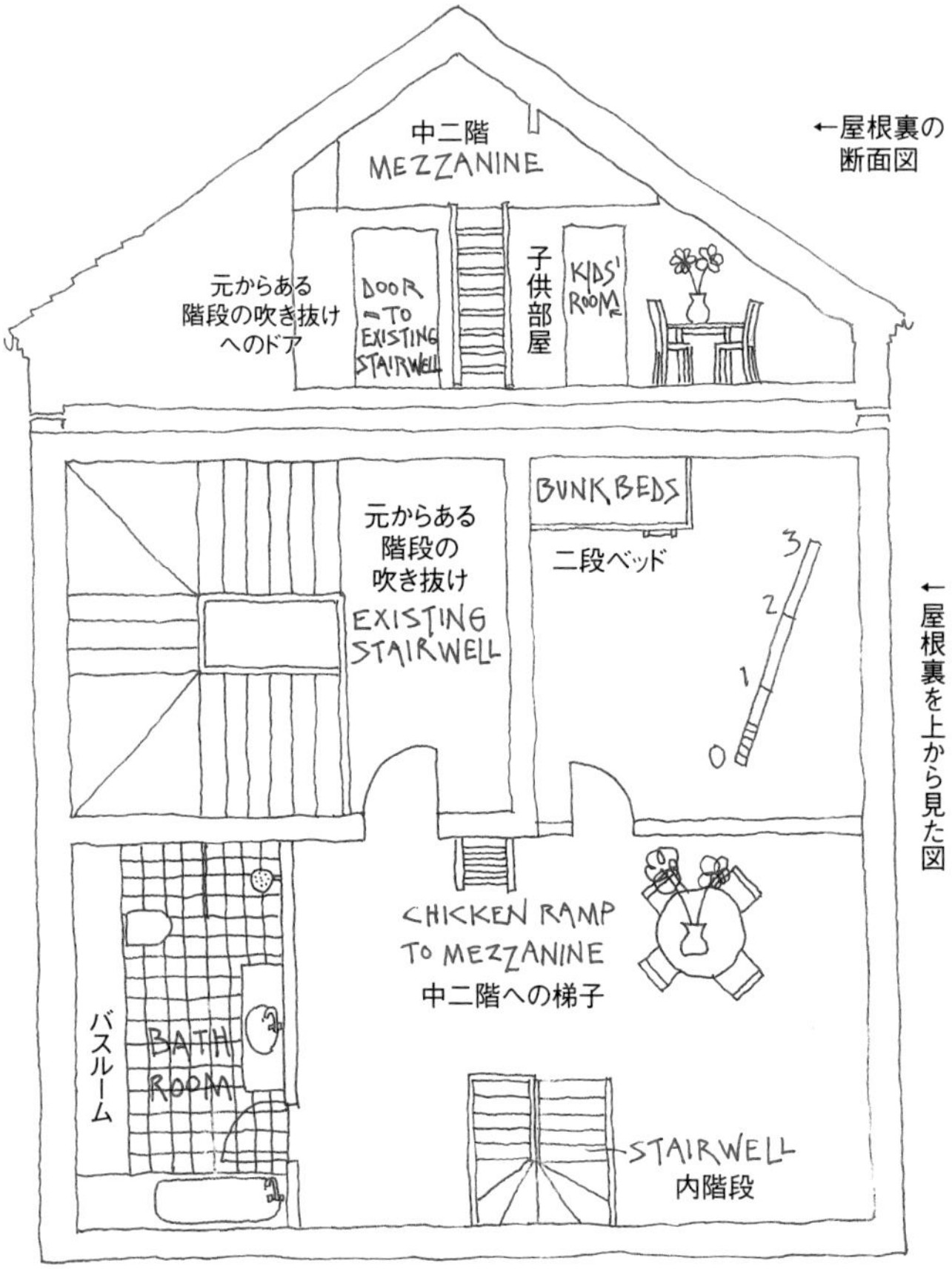
中二階
MEZZANINE
←屋根裏の断面図
元からある階段の吹き抜けへのドア
DOOR TO EXISTING STAIRWELL
子供部屋
KIDS' ROOM
BUNK BEDS
二段ベッド
元からある階段の吹き抜け
EXISTING STAIRWELL
←屋根裏を上から見た図
3
2
1
0
CHICKEN RAMP TO MEZZANINE
中二階への梯子
バスルーム
BATH ROOM
STAIRWELL
内階段

させるのだ。質問をしてから一週間くらい放っておいて再び同じことを聞くと、より良い答えが得られる。これは、施主に自分の家をどうしたいのかを考えてもらい、また同様に私も理解するためだ。施主と私が、同じ認識でいなければならない。

代金を支払っているのは自分だ、という施主の気持ちを軽く見てはいけない。それに施主の性格や、私自身との相性も。

施主によっては、すべてをコントロールしたがる人もいる。そんな時は少々策を用いて、こちらの意見や考え方を取り入れてもらうよう手を尽くす。いっぽう、できる限り決断を他人に任せようとする施主もいる。あなたが一番良いと思う方法でやってください、と彼らは言う。信頼を寄せてくれるのはいいのだが、なかなか決断を下すことができないので、ある意味面倒な施主である。

そんな時は、作業をするのは私だが、最終的な決断をするのは彼ら自身だと理解してもらわねばならない。どのようなタイプの施主であれ、施主と私の間に誤解があれば、不満を残してしまう。そうならないように配慮するのは私の責任だ。

費用は施主が負担できる、又は負担したいと思う以上に掛けてはならない。お金は大事なのだから。概して、同じ内容であれば、やり方によってそれほど大きく費用が変わることはない。だからこそ正しい選択をすることが大事なのだ。

　とはいえ、不動産屋の評価額を念頭に置いて建築やリフォームをする人がほとんどだ。その家に何年住むつもりであっても、施主は家を売る時に有利にしたいと考える。インテリア雑誌の読み過ぎに加えて、それが人々が似たような家々を欲しがる原因だ。たとえば、今流行っている家の外壁はどれも白、グレイ、明るいブルーグレイといった色合いだ。バスルームは法律や条例のせいで、食肉処理場のタイル張りの作業場と大して変わらないように見える。キッチンはイケアやノレーマ［ノルウェーのキッチンメーカー］、または他のメーカーのコーディネーターに設計されることが多い。彼らは、決してインテリアデザイナーや腕の良い職人のような専門家ではない。小売店の販売員なのだ。


　仕様説明があまりにも大雑把なので、建築士に対していくつか聞きたいことが出てきた。もっと詳細を詰めた計画書を作成する予定なのか。煉瓦《れんが》壁《かべ》はどうするのか。支持構造物の記述も気になる点があるし、バスルームのタイルに関しても説明がない。

　電話をしてみたが、建築士のクリスチャン・ヘーロウセンはあまり真剣には取り合ってくれなかった。手元にある資料で我慢するしかない。

5

木曜日の夜、私はトーショヴにいた。ヘーガマン通りの、ペータセン一家の住む建物の前だ。通りの反対側から建物を観察していたのだ。こまごまとした装飾などほとんどない、灰色の漆喰が塗られたシンプルな外観が美しい。スタッコ［化粧漆喰。壁や天井の表面仕上げとして用いられる］の外壁や飾り立てた窓を好む人が多いが、私はシンプルな方が好きだ。かつてはこの家屋の外壁にも、１８９０年頃建てられた他の集合住宅と同様、やや過剰と思われるような飾りがついていた。当時は装飾を大量に購入し、私が玉縁《たまぶち》［建物の隅に取り付ける、断面が半円形のモールディング］や巾木《はばき》［建築物の壁と床が接する部分の壁に設ける高さが6〜10センチ程度の長い横板］を付けるように、壁に取り付けていたのだ。現在の外観は１９５０年代に行われたリノベーションの結果だろう。それもこの建物の歴史の一部だ。

歩道の幅はかなり広く、通りに駐車できる。つまりクレーン車やコンテナを置く場所があるということだ。この建物は中庭を家屋が取り囲む昔ながらの様式で建てられており、通りから庭へと通じる通路がある。玄関はこの通路側にあるのだが、幸い表通りから入れる入り口がある。通路は車の乗り入れはできないが、荷物を一時的に降ろして保管しておくのに使えるだろう。

階段の上り下りが楽にできるかは、大事な確認事項の一つだ。下見の際には、あらゆる点を確認しておかなければならない。スムーズに建材を搬入できるかどうかは階段空間の広さ次第だ。板を楽に運べる余裕があるのか、細長い材料を手すりの柵の間を通して運び上げられるか。階段の壁がペンキ塗りたての場合は、特に注意しなければならない。

仕様書には、階段の吹き抜けの防火については何も書いていない。屋根裏を改築する時には、そこに通じる共用階段の空間全体に対し、防火のための措置を講じる必要がある。地下室のドアやアパートメントの玄関ドアは交換してあるので、そこは規準を満たしているようだ。また地下室からその上の階までの壁も、漆喰《しっくい》仕上げがなされている。つまり仕様説明は省かれたのではなく、既に防火が整っているから必要なかったのだ。

ヨン・ペータセン氏が挨拶に来て、カーリ夫人を紹介した。子供たちは今晩は祖父母の家に泊まっているようだ。今日はペータセン夫妻との最初の打ち合わせだが、最後の打ち合わせにもなるかもしれない。この話し合いによって、彼らは私に評価を下すのだ。夫妻は感じが良かった。彼らが私を品定めするのと同様に、私も彼らを観察している。

私たちはしばらくの間キッチンのテーブルを囲み、設計図を見ながら改築の概要について話し合った。私は自分がこの仕事を気に入っていて、熱意を持っているという印象を与えられるように、あえて詳細に踏み込んでいくつか質問した。実際、本心から興味があったのだ。施主ときちんとコミュニケーションが取れるかどうかは、工事が本格的に始まり、何か問題が起こったときに協力して対処できるかの目安になる。互いの相性を知るのは大事だ。

夫のヨンとは何度か話をしていたが、今日カーリ夫人に会い、この時から私の中で施主は「ペータセン夫妻」になった。私たちは屋根裏へ上がっていった。そこはかなり暗かったので、部屋の隅や細部を見るため私はヘッドライトを出した。自分のＭａｃはスツールに置く。夫妻から得た情報、私の質問に対する答え、今後のために覚えておくべき点などをメモしていく。

冬は建物調査に向かない。暗いし、見ておいたほうがいいものが雪に覆われている。それでも、音が雪のせいでこもっていたり、夜の早い時間でも星が光っているのは良いものだ。こんな都会でさえ星が見える。

私は屋根裏部屋の窓から頭を突き出し、煙突やベントカバー［屋根通気口の覆い］、屋根全体を見渡した。暗闇のなか、自分が映画「ノートルダムの鐘」に出演しているような気分になった。並んで立つ二つの煙突の間から、草刈り鎌のような形の月が見える。まるで月が一本の長い煙突を半分に切って、少し間を空けて置いたみたいだ。雪のせいで金具や屋根瓦のつなぎ目の状態を把握できない。

屋根は8年前に張り替えられていて、何の問題もない。煙突も点検を受けており、状態は良好だ。屋根裏の構造は屋根板が剥き出しで、1900年頃にオスロで作られていたものとよく似ている。屋根裏空間は大きくて広々としており、頂部の棟木《むなぎ》［屋根の骨組みの頂部に用いる水平材］まで5～6メートルあり、繋《つな》ぎ梁《ばり》［垂木の中央あたりで向かい合った垂木との間に渡す梁］、方杖《ほうづえ》［陸梁から屋根母屋まで斜めに取り付けられ、屋根を支えている筋交い］、繋《つな》ぎ小《こ》梁《ばり》［方杖を支えるための小梁］もある。こういうものを素敵だという人も多いが、実際は場所を取る邪魔物でしかない。ロマンティックな田園風デザインを、都会の建築に形だけ取り入れたものだ。屋根の勾配《こうばい》はかなり険しく、36度ある。腰壁《こしかべ》［床から腰高程度に張る別仕上げの壁のこと］には高さがあってちょうど良い天井高になるので、改築し易いだろう。

階段空間は立方体のように屋根裏部屋に突き出ている。ここは残しておいて、上を中二階にする予定だ。これから造る防火壁も、その立方体を囲むようにする。

建物の建築当時からある収納スペースは、シンプルな木造で広々としている。そのうちのいくらかを物干し場に移動させるつもりだ。物干し場自体は少しだけ残すことにして、その分収納スペースを広く取れるようにする。

電気、電話、ケーブルテレビの配線コードはぐちゃぐちゃに絡まっており、やり直すか場所を移すしかない。一部は処分することになるだろう。電話会社にも早めに連絡しなければならない。工事の担当者はなかなかつかまらず、工事開始まで時間がかかるのが常だ。建物の住人にとって、連絡手段が遮断されるのは迷惑だろう。職人はそもそもが埃と騒音をもたらす存在であり、施主以外の住人からは害虫か何かのように見られがちだ。ここで彼らを怒らせることはできるだけ避けたい。これまでにも何度修繕や改築があったのか分からないが、それが何度も重なれば、工事の無限ループにはまったように感じられるに違いない。

私のメモには、ペータセン一家にはまだ伝えていないことも書いてある。この段階で言うのは早すぎるからだが、それでもいくつかの問題点に関して注意を喚起しておいたほうがいいだろう。アスベストで断熱されている2本のダクトは取り除かなければならない。

換気口は別の場所に新しく作り、新しいベントカバーを通して換気させたほうがいい。汚水管は撤去すべきだ。いや、それよりも移動させる方がいいだろう。煙突の煤払《すすはら》い用の二つの小扉も交換しなければならない。壁の中にある換気用シャフトは一部が壊れているし、上に突き出ている先端部は閉められない。

これらの作業を行った職人が何を考えていたのか分からないが、端的に言えば、彼らは火災の時に逃げ道のない建物を造った。現在の状態では、炎が換気口を通って屋根裏まで広がる可能性がある。煙も上まで昇ってくるだろう。換気用シャフトとは、本来断熱された換気ダクトを通して屋根の上に出すものだ。これはかなり深刻な手落ちだ。

ペータセン夫妻は、品質に対する要望と、予想外の出費は避けたいので、トータルでどの程度コストが掛かるのかを早急に知りたいと言った。私が気付いた建物の瑕疵《かし》のリストはそれほど長いわけではなく、プロジェクトの全体的なコストから考えれば作業経費などわずかなものだ。それでも決して無視できる金額ではない。建築士はこうした点を仕様書には入れていなかった。余計な出費を施主に強いることなので、できればやりたくなかったのだろう。それならば見なかったことにして、誰か他の人間にやらせる方が楽だとふんだに違いない。

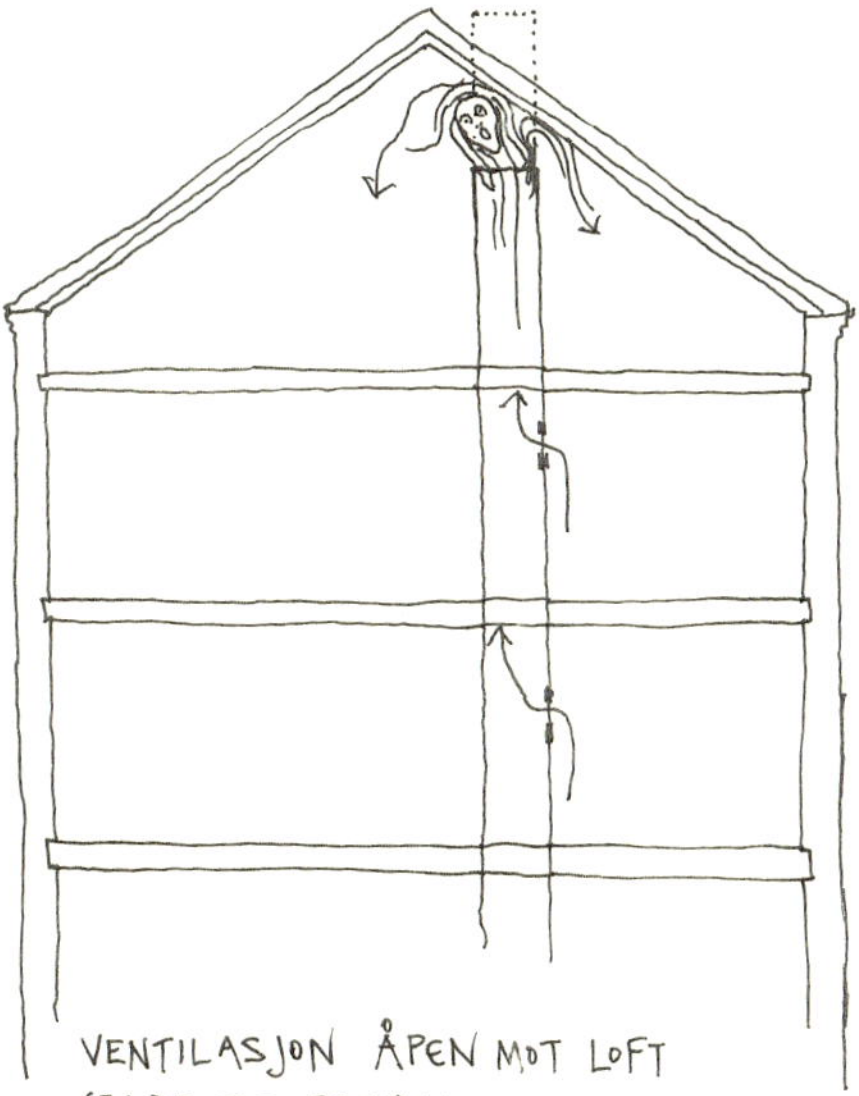

VENTILASJON ÅPEN MOT LOFT
(FARE FOR BRANN)

屋根裏に向かって換気口が開いている
（火災の危険性がある）

これは建築業界に根付いてしまっている、一種の慣習だ。面倒ごとは「見ざる、聞かざる」を通すに限る。だが見ない、聞かないで済ますわけにはいかないから、最後のオプションである「言わざる」でやり過ごす。

建築のプロセスではよくある話だ。問題は無視できなくなる段階まで隠されていることが多く、たいていは実際の作業が始まる時に明らかになる。そして施主にそれを伝える役目を負わされるのが職人というわけだ。職人とはやっかいな問題を見つけ出す人物だと思われているのは、そのせいである。

私は良いことも悪いことも、正直に自分が見たままを伝えたいと思うほうだ。ペータセン夫妻には懸案事項を早い段階で知ってほしいが、今話せばこの仕事を得られるチャンスが減ってしまう。後に回すしかない。

あまり熱心さを見せすぎてもいけないが、それでも頭の中では大小の各部分が作り上げられ、すべてが形になった映像が再生されている。新しい屋根の垂木《たるき》［屋根板を支えるために棟木から軒桁に架け渡す長い材］や天井の梁がきちんとあるべき場所に収まり、新しい物が古い物とぴたりと嵌《は》まり合う。やがてそれらはすべて石膏ボードで覆い隠され、再び人目に晒されるのは50年後、または100年後になるだろう。

その時、そこには私と同じように、朝から晩まで脳裏に映像を映している誰かがいるかもしれない。その未来の同業者は私とは違うタイプかもしれないが、似ている部分もたくさんあるだろう。彼、または彼女は私のことを知らなくとも、私に思いを馳せてくれるかもしれない。家屋の一部を取り壊す時には、過去にどんな作業を行ったかが手に取るようにわかるものだ。丁寧に作業をすれば、それは将来、見る目を持った人にははっきりと伝わる。事実、私はそんなふうにこの屋根裏を見て、この場所を造った人物のことを考えている。

ペータセン夫妻に、ぜひ私を信頼してこの仕事を任せてほしいと訴えてもよかったが、物事には順序や形式というものがある。この世界には漠然とした序列があり、その序列が私より上の建築士、設計士、都市計画建築局の順で話が進むので、私は自分の番が回ってくるのを待つしかない。

自分を売り込んでもいいが、慎重で控えめな態度を崩してはいけない。それが業界の序列や関係者の心理、常識に即しているのだ。私が建築士の描いたものを建てている間に、彼は20~30枚の設計図を描き上げる。私が屋根裏を1つ改築している間に、設計士は優に

100個分の構造計算をやってのけるだろう。

しかし、今回のような屋根裏の改築作業にかけては、私の方が彼らよりもよっぽど精魂を傾けている。作業に費やす時間だけではなく、熱意や努力といった面でもだ。同じような案件で建築士や設計士と関わってきた経験から、そう断言してもいい。

私にとって、今回の仕事はほぼ半年分の収入になる。そして作業を進める間、私は汗と埃にまみれ、身体をあちこちにぶつけ、切り傷を作り、時には凍えることとだろう。もしこの仕事が決まれば、この先半年間の私の生活が決まるわけだ。

私は自分を、職人としての腕で他人から評価されたい。この仕事そのものが、私の人格であるかのように。そうすれば将来のいつか、私の職人としての技量に対する評価が、私という人間に対する評価になるかもしれない。100年前の職人たちも、同じような考えを持っていたのではないだろうか。心の内では、私は彼らの同僚、もしくは友人として、連綿と続く長い列に連なっているのだ。

6

今手がけているキュルソスのシリウス通りでの仕事は順調だ。私はいくつか窓を交換し、テラスを造り、その他にも小さな修理を行っている。この時期、施主は庭やテラスを使わない。また施主は良い人なので、ペータセン一家に渡す見積もりを作る2、3日の間、作業を延期させてくれた。

現場の下見はうまくいった。すべてをきちんと確認し、図面とこの目で見たものを照らし合わせることができた。場合によっては、下見をしている最中に、近々もう一度ここに戻ってこなければと感じることもある。今回のような規模の案件に際しては、全体像を把握し、正確な見積もりを作成することがとても重要だ。今回の案件の総費用は100万クローネ以上にもなり、また大工作業だけでも600~700時間掛かるだろう。見積もりに失敗して、あまりにも安く算定したら自分が損をする。逆に高過ぎたらこの仕事を受注できない。

建築士が、おおよその作業項目及び材料計算を記入した内訳明細書を作成していた。だが詳細な説明はなく、「屋根と壁は漆喰塗り仕上げとし、下地塗りの後、2度塗り塗装を施す。灰汁《あく》処理《しょり》とオイル仕上げを施した無垢のフローリング松材、ベルックス製［デンマークの窓メーカー］の天窓78×160センチ2枚、同じく55×78センチ2枚、窓部は石膏ボードによるドライウォール仕上げ、バスルームの内装備品はイケア製」と書いてあるだけだ。どう考えても、施工図も仕様もあまりにも大雑把で、これに従うのはリスクが高い。

私が気づいた建物の不備、つまり追加で費用の発生しそうな作業については、さり気なく入札価格に含まれていないこと、従って見積もり明細にも入っていないことをペータセン一家に伝えた方がいいだろう。言わずに済ますこともできるが、それはやはり不正直だ。見積もりには各作業の値段をきちんと明記しなければならないが、詳細に書き過ぎるのもよくない。あまりに見積もりに時間を掛けると、単なる無料コンサルタントになってしまう恐れがある。これまでにも私の作成した見積書が別の会社の手に渡り、結局そちらの会社に仕事を受注されてしまったことが何度もあった。

入札に4社が参加する今回のような規模のプロジェクトでは、最初の釘を打ち込む前に、各入札者が見積もりにかなりの時間を割く。分かりやすくするために、ざっと計算してみよう。

大まかに入札書類を作成するのに、どの会社もそれぞれ4日間掛けているとしよう。合計すると就業日16日分だ。元請けの4社は下請け企業にコンクリート工事、電気工事、換気空調ダクトのための板金工事、配管工事や塗装工事といった5つの専門業務に関して見積もりを依頼している。

もし私が組んでいる5つの下請け会社が下見を含め、見積もりの作成に丸一日かけるとすれば、4つの元請け会社が各4日で16日間、プラス下請け会社が20日。つまりこのような入札には、図面と仕様書が正確であるという前提で36営業日かかるということになる。一日8時間働くとすると、36日間なら合計288時間だ。平均時給を500クローネとすると、今回の入札には付加価値税抜きで14万4000クローネ〔日本円で約178万円〕掛かるということだ。

4社が見積もりを出すとすると、自分が落札できる確率は4分の1になる。つまり、私が仕事を得るためには、こうした入札に4回参加しなければならない。14万4000クローネ、又は288時間就業、それがこのような案件を落札するためのコストなのだ。1つの仕事を受注するのに、大変な労力だ。

どのように作業を進めるのかについては、建築士や設計士の設計図書が必要不可欠だ。「初めに、言《ことば》ありき」［ヨハネの福音書、1章1節より］である。それを元に私は見積もりを作る。彼らの仕事の方が複雑で重要だと思われることが多いが、詳細が不十分だと職人は適切な値段を出すことが難しくなり、そのせいで施主と対立しかねない。

時には難しい問題に直面した建築士が、矢面に立つのを避けるため、施主と職人で解決すればいい、と考えているとしか思えないこともある。施主にとっては妥当な見積もりでも、施主側の支払いが安くなる分、私たち職人の負担が大きくなることもある。十分な説明がないまま作業をして、予算に含まれていない余分な費用が掛かったり、作業でミスや欠陥が発生したりして、結局は施主にとって高くつく可能性だってあるのだ。

近頃は、建築士や設計士たちが現場からますます遠ざかっている。職人たちと付き合うことも少なくなり、実際の大工仕事に対する理解を深める機会が減っているのだ。

それが彼らの望んだことなのかどうかはともかく、結局は大きな代償を伴うことになる。建築士や設計士という職業に伴う大きな欠点だとは思うが、そうした知的労働の方が大きな名声を得ているから、問題にされないのだ。なかなか証明しづらい主張ではあるが、現場で大工仕事をしている者なら誰でも実感しているはずだ。

手を動かす仕事よりもアイデアの方が価値が高いことは、抽象的な理論や理屈を重視する社会では当然の結果だろう。現場での作業が埃っぽくて混沌としているいっぽう、アイデアは純粋で汚れのない感じがする。理論というものは常に完璧だ。それを実地に移してみて、人的ミスや建材の欠陥が発覚するまでは。図面上では間違いの生じる可能性も少ない。それは単なる紙の上に描かれた線であり、複雑でも不潔でもなく、そして無害だ。大工の仕事は、ほぼその対極にある。

入札のたびに、この手の考えが頭をよぎるのもおかしな話だ。私は法律にもマイクロエコノミクスにも疎い、ただの職人だ。仕事のことだけを考えているはずが、いつのまにかカウンセラー、社会学者、人類学者や歴史学者の役割を果たすことになっている。

入札書類があまりに大まかなものであった場合、施主がりんごとオレンジのように全く違う見積もりを比較するような事態を招きかねない。入札するすべての業者が、書類を見て同じように考え、解釈することはないからだ。競争相手が私ほど資料を読み込んでおらず、それで落札してしまうなら、どちらにしろ私に勝ち目はない。正しく見積もりをしても、それが収入に繋がるとは限らないのだ。最終的に余計な出費がかさんで競争相手と施主が衝突したとしても、私には大して慰めにはならない。

有能な業者は、安さを売りにする業者と両天秤に掛けられる。値段をぎりぎりまで抑えることが、そうした業者が仕事を取れる唯一の手段だからだ。経済的側面、つまり価格が、最終的には専門性の高さや仕事の質を打ち負かしてしまう。このたぐいの低価格化は、建築の市場に大きな影響を及ぼしている。

大工の間では、新しいバスルームを造ったのに取り壊さなければならなかった――つまり解体して再び造り直す――などといった話が頻繁に飛び交う。見積もりだけ出した案件で、再び現場に来て工事をやり直してほしいと呼び出されることもよくある。なんと競争相手が仕事を完了してからである。どんな状況であれ、他の職人が作ったものに手を加えるのは気持ちの良いものではないが、完成したばかりのバスルームを一から造り直すといった仕事は本当に胸が痛い。

自分のミスを自分で修正するのは当たり前だ。できるだけ小さなミスであるにこしたことはないが、何にせよ、自分が保証できない仕事を施主に引き渡すのは自分の評判を落とすことになる。大工見習いをしていた時、私が何か間違いをしでかすと、親方は私に大丈夫だ、落ち着けと言ったものだ。親方は作業がうまくいかなかった時よりも、うまくいった時の方が私に厳しかった。よく出来た仕事を誇りに思うのであれば、同じように不出来な仕事に対しては責任を取らなくてはならない。そういうことなのだと、私も徐々に理解するようになった。

間違いを認めるのは今でも恥ずかしい。だが間違いを見つけて、それを修正することが仕事の流れとして習慣になっていれば、おのずと出来栄えも良くなるものだ。私は他人に対して常に辛抱強いとはいえず、何か気に入らないことが起きると声を荒げてしまうこともある。そんな時には心を鎮めて、後で謝罪するようにしている。親方は私にとって理想の人物だった。親方がよく口にしていた言葉の数々は私の心に残っていて、何かあると口をついて出てくる。自分の掲げた理想の通りにできないのは、理想が悪いからではない。

7

プロジェクトの概要書には大きな問題がある。最初に読んだ時にも、現場を下見に行った時にも気付かなかったが、今、はっきりとそれが分かる。概要書の平面図では、バスルーム内の長い壁に沿ってバスルーム用ベンチを置き、反対側の壁には洗面台を造ることになっている。シャワーやトイレはバスルームの一方の端に設置し、バスタブはその反対側だ。

もし建築士が方杖や繋ぎ小梁のことをきちんと考慮していたら、立派なバスルームになっていただろう。この手の屋根裏には必ず屋根を支える役割を持つ方杖や繋ぎ小梁があるが、それは必要があるから付いているのだ。だが、図面で指示されたバスタブのスペースを確保するには、それらを取り除かなければならない。

もしそうするならば、そのぶん屋根の構造を強化しなければならない。現在の計画では屋根裏全体に断熱材を入れることになっているので、屋根から逃げる熱は以前より少なくなる。そうすると積もった雪の溶ける速度が遅くなるので、屋根にはこれまでより負荷が掛かってしまうのだ。屋根を再建する際には現在の耐荷重性要件を満たさなければならないのだが、今は昔よりも規定が厳しくなっている。

そこに関しては設計士がきちんと構造計算を行い、屋根の強化に関する計算書も同封されていたが、方杖や繋ぎ小梁はそのまま残すことが条件になっている。そうなると、ペータセン一家は繋ぎ小梁の下でバスタブに横たわるしかない。おまけに反対側にあるトイレでは、繋ぎ小梁に鳥のように止まって用を足すことになる。

建築士も設計士も、この問題を分かっていない。バスタブやトイレを置きたいなら、屋根を支える何らかの支持構造が新しく必要になる。設計士は仕事をやり直さなければならない。

基本的には、柱や梁といった支持構造はきわめてシンプルなものだ。枝から落ちるりんごのように、支えるものがなければすべてのものは地面を目指す。重力の基本だ。屋根裏の構造は新しいハーダンガー橋［２０１３年に作られたノルウェーにある１３８０メートルの橋。ゴールデンゲート橋より長い］ほど複雑でもない。だがこの問題の解決方法となると、そう簡単ではない。妥当なコストで、見栄えも良くなければならないし、あまり手をかけずに作れるものでなければならない。

まずは自分で打開策を探り、その後で何が問題なのかをペータセン一家に説明しよう。この順番を守れば、一家に良い印象を持ってもらえるだろうし、彼らが業者を選ぶにあたっての判断材料になるかもしれない。

私はとてもシンプルな解決方法を思いついた。もし自分でこの仕事を受注できなくても、ぜひこの方法で試してみてほしいものだ。

私は自分の案を説明するための略図を描くと、ペータセン氏に電話して今回の懸念を説明した。彼に一日頭を悩ませ、その気持ちを建築士と分け合ってもらった後、再び電話をかける。良い解決方法を思いついたが、説明用の略図を作る時間が必要だ、と伝える。すでに略図はできているが、私の努力を理解してもらうに越したことはない。建築士や設計士にも、私から話してみましょうか？　もしそうしたほうが良ければ、彼らに電話を入れて、私がこれから電話をすると伝えてもらえますか？　もちろんです、そうしていただけると本当に助かります。

そして、ペータセン氏が一番重要な質問を切り出す。

「ええと……その費用はどのくらいになりますか？」

「無料です」

私は答えた。

「サービスですよ。できれば私に仕事を発注していただきたいですし、良い印象をもってもらえたら嬉しいので」

これは本心だったが、自分を安く売り込んでいるような気分になったのも事実だ。私は自分に商品価値を付け、売り込む術を学んでいた。以前はこれほど戦略的にというか、言い換えれば計算高い考え方はしていなかった。あまり良い気分ではないが、何度も利用されたり、騙されたりした挙句にやっと自覚したのだ。職人としての自分は商品なのだと。

ペータセン氏から建築士に電話してもらったので、今度は私の出番だ。建築士のクリスチャン・ヘーロウセンは、もう一人の建築士と共に設計事務所を構えている。今回の入札で初めて名前を聞いたので、インターネットで経歴を調べてみたのだ。今回のプロジェクトについて彼と最初に連絡を取った時の会話は、あまり実りのあるものではなかった。ヘーロウセンはこれまでに同じような規模のプロジェクトをたくさん手がけているのだから、本来は今回のような問題が生じるはずがないのだ。電話に出たヘーロウセンは状況を理解し、解決法を考えておくと言った。しかし私は会話を長引かせ、ついに彼は、私に何か考えはあるかと水を向けた。私はあると答え、自分のアイデアを提案した。ヘーロウセンは、前に電話した時ほど素っ気ない態度ではなかったものの、私の方が正しいと認めるのは難しいようだった。ましてや私が問題に気付き、解決法を提示したことにお礼を言うことなど考えもつかないようだ。

建築士の承認を得たので、今度は設計士に連絡して無料コンサルタントをする番だ。ペータセン氏にショートメールを送り、設計士に連絡済みかどうかを確認した。もちろん、私がこの件で尽力していることをさりげなく伝えるためでもある。

こういう展開は面白いと言えないこともない。でも本当はやはり、こんな根回しをすることなく関係者全員が集まって話し合えた方がいいし、それでお金につながるのが一番だ。時間にしても、せいぜい2~3時間しかかからないだろう。こんなことをしていると、自分が生徒でありながら同時に教師にもなったような気分がする。そしてまた、建設界のヒエラルキーの底辺から、改めてビジネスの需要と供給というものについて考えてしまった。

ペータセン氏が連絡していたにもかかわらず、設計士のハルヴォーセンは私の電話に驚いていたようだった。設計士にありがちな話だが、彼もかなり忙しく、翌日再び連絡すると約束して電話を切った。

金曜日の朝、改めて電話で話をした。現場となる屋根裏に出向いて解決法をイメージできたほうが良いと思ったが、ハルヴォーセンにはそんな時間などなかった。私が疑っていた通り彼は実際の建物を訪れておらず、建築士の設計図しか見ていなかった。図面には寸法が書いてあるのに、わざわざ現場を見る必要性などないと思っているようだ。

私は何が問題かを説明した。壁面に沿って走る繋ぎ小梁や方杖は取り除かなければならない。この点にはハルヴォーセンは同意した。次に私のアイデアを提案した。

「小屋組の構造を、母屋桁《もやげた》［棟木、軒桁と平行し、垂木を受ける横木］を持った構造に造り変えるんです。妻壁《つまかべ》［建築物の棟に直交する方向の壁］にある穴に母屋桁をさし入れ、その周りには煉瓦を積む。その向かい側では、階段吹き抜けに沿って垂直に伸び、家屋全体を貫く柱の上に母屋桁を載せる」と私が言う。

「これでどうです？」

少し考えたあと、ハルヴォーセンは同意した。

「ただ、繋ぎ小梁や方杖を取り除くと、屋根の垂木部分が弱くなるので、それを強化しなければなりませんね」

「ええ。必要なだけネイルガン［釘を板などに打ち込む際に用いる工具。釘打ち機］を用いて2×9材で垂木を強化します。そうして屋根の中の垂木の数が倍になるように、古い垂木の間に新しい垂木を入れていくんです。それも2×9材で作ればいい」

ハルヴォーセンはケルト材［フィンランドのメーカーが製造している木材］を使用したがっている。私は2×9材で十分うまくいくと思うが、彼はケルト材で何本必要になるか計算してみると言った。広く普及しているc-24ではなく、c-30の品質のものを選べば、もう少し頑丈になるのだそうだ。床にも同じ材木を用いたいとのこと。このグレードの材木なら価格も妥当だし、扱いやすい。

「そうでしょう」と彼が言う。

私たちは工法について、一つひとつ確認していった。

「新しい垂木は耐力壁で支えるようにして、2×9材を垂木の下に垂直に交わるように渡すんです。2×9材は負荷に耐えられるよう、壁に固定すればいい」

彼はそれには賛成したが、2×9材を二重にすべきだと考えた。その計算はする、と言った。

「では、これで繋ぎ小梁や方杖は取り除くことができますね？」

できるようだった。私たち二人ともこの案に満足していた。だが、私の話はまだ終わっていない。

「母屋桁を棟から少しずらしたらどうでしょう。そうすれば吹き抜けの上の中二階は、ずっと住みやすいレイアウトになりますよ。母屋桁も、その先端を載せる柱も、上にある空間まで続く階段の邪魔になりません。せっかく屋根の真下の中二階部分に十分な高さができるんですから、大きな桁のために上部空間を狭くするのはもったいない。その桁があっても階段空間に出るドアの邪魔にならないし、ドアは棟の真下に位置していないので、中二階への梯子はとにかく棟の真下に位置するようにしないといけません」

「なるほど！」

ハルヴォーセンの声が熱を帯びてきた。話しているうちに、具体的な解決法が見えてきた。ハルヴォーセンは私に、母屋桁をどのくらい移動させられるかを丁寧に説明してくれた。桁をそのように動かす場合、屋根の構造にどのような力学が働くか、どこが臨界点か、どこで荷重が大きくなるか。

「今日はこれまで知らなかったことを学べましたよ」私は言った。

ハルヴォーセンは悪い人ではないようだ。この課題を楽しんでいるようだったし、急に時間の余裕までできたようだ。私たちはもう少し建物のことを話し合い、しばらく雑談を交わしてから電話を切った。

これから彼は今日話し合って決めたことを図面に起こし、建築士のヘーロウセンに送るという。そしてヘーロウセンがそれをプロジェクトの概要に組み入れるのだ。

今日は金曜だ。良い一日だったから、今晩は休もう。見積もりを作らなければならないが、明日、明日、今日はもうおしまい［I morgon, i morgon, men ikkje i dag（明日、明日、今日はおしまい）というノルウェーの歌手Stanley Jacobsenの歌のフレーズ］。

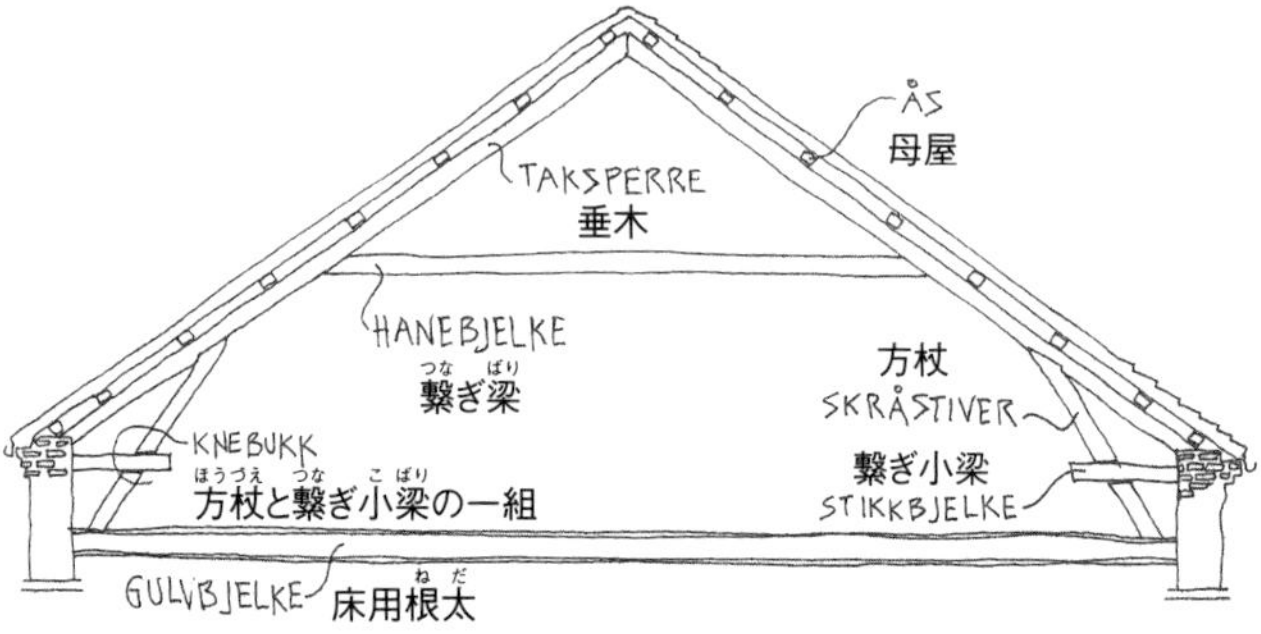

OPPRINNELIG KONSTRUKSJON
元の構造

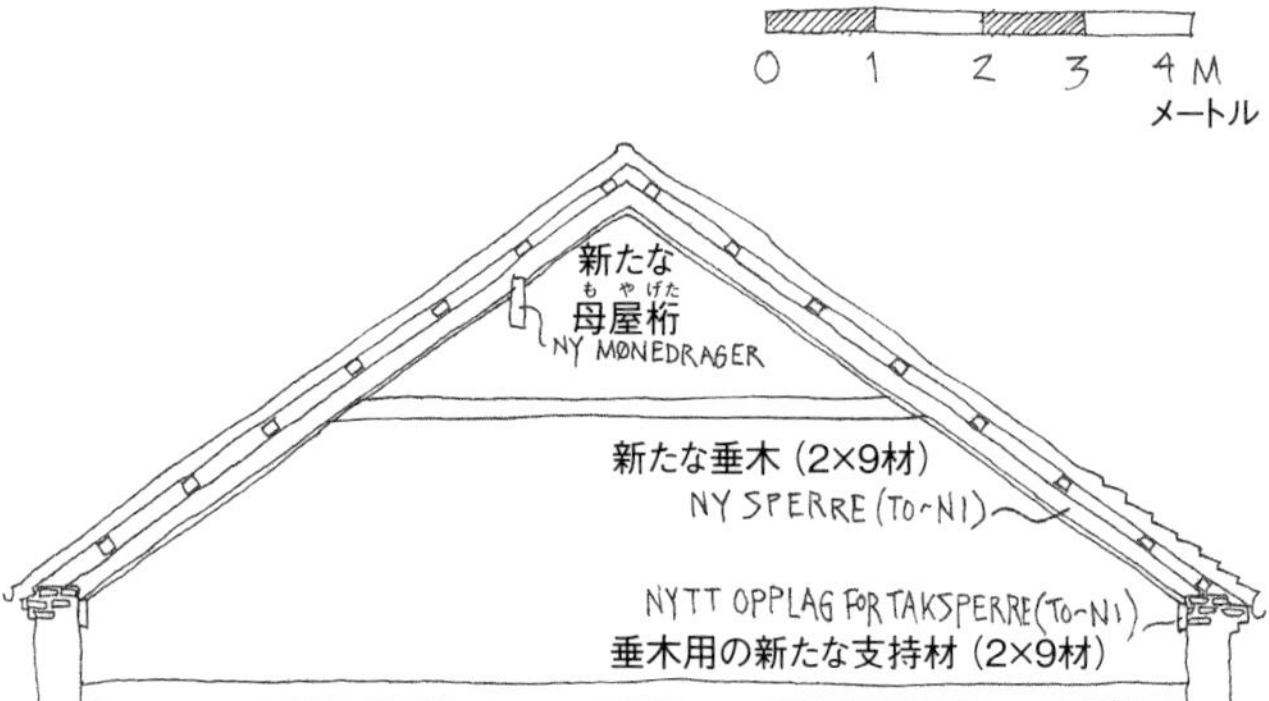

NY KONSTRUKSJON
新しい構造

8

私は熱いシャワーを浴び、石鹸と爪ブラシで身体を洗った。キェルソスでの仕事はこの数日間、かなりきつかった。解体作業の汚れがまだ皮膚の毛穴やしわの中に残っている。完全には落ちないだろう。手さえきれいになれば、まあ後はいいとしよう。

私は自分の手を気に入っている。年齢と、これまでの経験が形作った手。大工の手だ。傷跡はあるが大きくはなく、指は10本揃っている。皮膚は硬くなっているが、たこはない。そんなものができたのは駆け出しの頃だ。皮膚は薄い作業手袋のようだ。手は人生を物語る。自分にできること、やってきたことはここに写し出されている。この手は私の推薦状であり、履歴書だ。

板金工と煉瓦工はがっしりした手をしている。ペンチを使う板金工は鋭利な金属板の切断面でよく怪我をするが、それは彼らの手を見れば一目瞭然だ。煉瓦工は煉瓦や重いバケツや麻袋を運ぶ。セメント、モルタルやタイルグラウト材［タイル貼付け用のモルタル］はスキンローションとはほど遠く、むしろ強力なピーリング剤だ。配管工や煉瓦工に比べれば、私の手など華《きゃ》奢《しゃ》できれいなものだ。

テディスバー［オスロ市内に実在するバー］は、いわばもう一つのわが家だ。今日は夕方の早い時間に着いた。ビールとバーガーの時間だ。カウンターのコーナーにはヨハン、エスペンとクリスターが座っている。ここでは顔見知りに会いたい時に待ち合わせをする必要はない。心地よいバーとは気の合う仲間と出会える社交の場であり、テディスバーはその点では最高だ。ここでは誰も他人の地位や経歴など気にしない。会話の流れを左右するのは話し手の肩書ではなく、その内容だ。誰でも気兼ねせずに、どんなことでも議論できる。

今晩バーカウンターの中にいるのはエングレとベンテで、ルーネが料理をしている。彼らもここの常連客と同様、気のいい人々だ。私はルーネがキッチンに立つ日は必ずチリバーガーを注文する。彼のサルサソースは絶品なので、ソースは2倍で頼む。

クリスターはIT関係の仕事をしており、エスペンは足場組立て工と、コンサートやイベント会場の設営スタッフを掛け持ちしている。このバーで出会ってから何年も経つのに、ヨハンの職業はよく分からない。彼はオスロカレッジで守衛か、研究員のどちらかをしている。私は彼らの仲間に入り、ひとしきり仕事や本の話をした。

そこへデンマーク人のスノアがやってきた。彼は大きな建設会社に大工として勤めている。私たち二人は同じ職業だが、働く環境は正反対だ。私が個人宅の屋根裏の改築や修理を手掛ける一方、彼は街の中心地の大規模な建設現場で働いている。最大の違いは彼が勤め人で、私が自営業だということだ。私たちの惑星は違う軌道を描いているが、時折近づくこともある。二人とも大工の手をしており、冬には寒さに耐えながら釘を打つ。

スノアは作業着のままだった。自宅が少し遠いので、家で着替えたらもう出かける気にはならないのだという。吹きさらしの建設中のビルで一週間過ごしたら、誰だって熱いシャワーとソファが恋しいに違いない。だがビールや友人との付き合いは代えがたいとみえ、それは後回しにして現場からここに直接やって来る。スノアと二人で、ちょっとはましな気候になって良かったなと言い合った。今週の後半は寒さが少々和らいで、マイナス10℃程度になったのだ。マイナス20℃はいくらなんでも寒すぎる。

男が一人、飲み物を注文しにカウンターにやってきて、スノアの作業着を見て声を掛けてきた。

「よう、それ作業着だろ？　作業場から直行してきたのか？」

男は明らかに上機嫌で、スノアの脇腹を小突きそうな勢いだった。

「どうだい、昼飯の後はセンチとメートルをちゃんと区別できるのかい？」

やれやれ、昼間から酒を飲むデンマーク職人への常套文句だ。スノアは男を見つめ、それから男の座っていたテーブルとその仲間たちを肩越しに振り返り、親指で後ろを指した。

「そっちはどうなんだ？　仕事の後の一杯か」

スノアは聞いた。一目瞭然だ。

「じゃああんたらの着てるのも作業着だろ？」

重ねて質問し、返事を待たずに続ける。

「あんたたちはみんな同じに見えるな。会社に服装規定《ドレスコード》でもあるのか？」

今度は返事を待った。男はどうしたらいいか戸惑っているようだった。質問が宙に浮くに任せ、スノアは私たちの方に向き直った。男は注文したビールを受け取って自分のテーブルに戻り、私たちは仲間内の会話に戻る。

「ちょっと感じ悪かったかな」

スノアが聞いた。

いや、悪気はなかったにしても、あの男は少々横柄だった。デンマーク職人の酒飲みをからかうのは、自分たちが無意識に従っている服装規定に縛られた会社員ではなく、気心の知れた仲間内でするものだ。

私たちの話題は建築業界のことに移った。この業界は、かつては酒飲みが多かった。私はこれまで見聞きした、建築や解体の現場にいた酔っぱらいの職人についてひとしきり話した。酔っぱらいといっても、別にデンマーク人のことを指していたわけじゃない。

今では現場もずいぶん健全になっており、酔ったまま足場に上ったり危険な道具を使ったりする職人は滅多に見なくなった。そういった職人は今どうしているのだろう。まだ現役なのか、それとも完全に現場から離れているのだろうか。怪我をしたのか、それとも亡くなっているのだろうか。別に社会全体が節酒傾向にある訳ではないから、仕事を引退しているか、飲酒習慣を変えてしらふで働いているのだろう。作業現場での事故統計を見るとそれが分かる。社会は以前ほど寛大ではなくなり、日常生活ではアルコール依存症になってしまった者には居場所がなくなっている。

私は酔っぱらいが丸のこを持つなど考えるだけでも耐えられないから、自分が引き受けた現場での飲酒は一切認めない。しかし、効率のためにある種の人々を完全に締め出すようなことを続けていけば、やがて社会は大きなツケを支払うことになるだろう。職場での飲酒は一例にすぎない。以前は許されたことが、今の社会では問題視される。合理化は人々の心に不寛容をもたらし、ルールや権力による圧迫を生む。その結果、皆が70％の能力では足りず100％の能力を発揮することを求められ、労働市場から多くの人がこぼれ落ちていく。個人の能力は千差万別なのだが、それがほとんど認められない社会へと変化してきている。

とはいえ、1980年代に大きな建築現場で働いていた時のように、天井タイルを持ち上げたとたんに空瓶が頭に落ちてくることがなくなったのはありがたい。

スノアが今働いている現場には、作業員が200〜300人いるそうだ。そこで飛び交っているのは、ありとあらゆる訛りとレベルの英語とノルウェー語、それに身振り手振りだという。

スノアは現場のプレハブ事務所にあった張り紙を持ってきて見せてくれた。この現場の水道管は地下に埋まっており、凍ってしまう可能性がある。そこで張り紙には「シャワーの水は出しっぱなしにしておいてください」と注意書きが書いてある。一番上はノルウェー語で、その下には8カ国語の翻訳が続く。誰かがドイツ語がないと文句を付け、別の誰かはアイスランド語の訳を校正し、正しい文章になるように言葉を付け足している。アイスランド人は母国語の文法に厳しいことで有名なのだ。この張り紙がすべてのシャワー室のドアに貼ってあるのだという。

「壁のない《オープン・プランの》オフィスと国際的な人材が流行っているのは、何も石油やＩＴ業界だけじゃないってことさ」

とスノア。もちろん、強風に吹き晒されるオフィスビルの建設現場で働く彼の仕事場が、一番開けているのは確かだろう。スノアは、言語がこのように多様化していることは、寛容さや人々の心の広さの表れだと主張する。たぶんその通りなのだろう。半分造りかけのビルは、まさにバベルの塔［旧約聖書に登場する巨大な塔。神の怒りに触れ、神は人間の言葉を混乱させ互いに通じないようにした］だ。多様性は現実社会にも大いに影響し、言語がその最たるものだ。

私たちの使う専門用語の大部分は外来語だが、自然にノルウェー語として浸透してきている。おかげでノルウェー語の語彙は豊かになったが、昨今の国際的な労働力の移動も、同じ効果をもたらすのだろうか？　私たちはドイツ語や英語の他に、ポーランド語やラトビア語も取り入れるようになるのだろうか？

実際問題として、これに対応するのはなかなか困難だ。特に大きな建設現場では、日常

シャワーの水は出しっぱなしにしておいてください

LA VANNET RENNE I DUSJEN

Let the water run in the shower

Anna veden valua suihkussa

Leiskite vandeniui bėgti į dušą

Puść wodę pod prysznicem

Пустите воду в душе

讓我們在淋浴水運行

Látið vatnið renna

Úr Krananum í sturtunni

Deje correr el agua en la ducha

Und wo steht das auf Deutsch?

Darum fragt er mich warum?

的に使われる共通の専門用語はそれほど多くはないため、作業員は互いの意思疎通に苦労している。おまけに、元請業者によって賃金や労働条件も異なる。労働環境は言語、文化、専門性、社会的環境により分断されているのだ。

私の管理する小さなプロジェクトの建築現場でさえ、多少なりとも同じような現象が起こっている。問題のひとつは、小さな工務店を営む職人の中に、プロジェクトの図面や仕様を読む程度のノルウェー語さえできない者が多数いることだ。彼らは独自の経験に基づき当てずっぽうで作業工程を決めるが、その経験自体が信頼に足るほど豊かではないため、惨憺たる結果を招くことになる。

外国人職人にとって小さな工務店を経営することは、時には自立するための手段であり、時には単に金銭を得るための方策だ。彼らの時給は低いが、少なくとも日銭を稼ぐことはできるし、母国で稼げる収入よりは多い。何とか黒字を保とうとするのが精一杯という状態で、同時に質の良い仕事を提供するのはそれほど簡単ではない。

こうした言語の問題が、50年後にどう扱われているのかは分からない。労働力の移動や移民に関する議論には、さまざまな側面があるのだから。

職人的な手仕事の歴史は、はるか昔にさかのぼる。ヨーロッパの片隅にあるノルウェーでは、それぞれの専門分野の人材が乏しいため、より大きな職人集団の下で学ぶ必要があった。鉱山業、海運業、造船業、金属加工業、繊維産業に建築業などだ。職人はスキルを身につけるために諸外国に渡り、また外国人の専門家をノルウェーに招聘した。私たちは他の国々から多くの事柄を学ぶ。昔も今も、それは当たり前のことだ。

トーショヴの屋根裏から取り除く方杖は「ストレーヴァ」（strever）とも呼ばれている。ストレーヴァは専門用語であり、元来はドイツ語から流入した言葉だ。この単語は出世第一主義者とか日和見主義者という意味を持つ、ノルウェー語の「ストレーバ」（streber）とも関連がある。現在流通している外来語と同様に、この単語も外国人の労働者が使っていたために一般的な単語になったのだと思う。

そして今の建築業界には、この日和見主義者が溢れている。競争の苛烈なこの業界では、労働者たちも日和見主義者になっていくのである。現代都市におけるバベルの塔に住む私たちにとっては、皮肉な業界用語とも言える。

9

ヨン・ペータセン氏から電話があり、入札業者の一つがもう少し時間が欲しいと言っているという。そのため、入札の締切日が3週間後の金曜日に延びた。私は既に屋根構造の新しい図面と構造計算書をもらっているし、プロジェクトの許可が下りるのはほぼ間違いないだろう。入札申請書の仕上げを、それほど慌てる必要はなくなった。

火曜日には、私の下請けである煉瓦工、塗装工、電気工、換気ダクトのための板金工、それに配管工の職人たちと現場下見をすることになった。配管工と電気工は午前11時、他の者は12時に来る予定だ。

配管工のフィンは、今では現場での仕事を離れ、オフィスで事務方の仕事をしている。見積もりを立て、プロジェクトを管理するのだ。実際に誰が現場に来るかは決まっていないが、従業員の数は少ないので、誰であれ顔見知りだ。

職人がいつしか事務を担当するようになり、マネージメント側に回るのは、業界ではよくあるキャリア転換だ。人によっては、はじめから意識して管理職を目指す者もいる。彼らは基本資格を取ってしばらく現場で働き、実用的な経験を身につけると、また別の資格を取る。業界の提供する研修コースもあるし、技術専門学校やカレッジに通うこともできる。フィンはカレッジに通ったことはないが、現場での経験は豊富で、接客や見積もりもうまい。

職人によっては、身体的負担が重い仕事は続けられなくなる。肩や腰が疲弊し、仕事内容を変えざるをえなくなるのだ。怪我、特に反復性ストレス障害［反復動作によって特定の部分を酷使することにより発症する障害。弦楽器の演奏や建設関連業務の釘打ちなどが原因の一つ］は永続的であり、仕事を休んでも手術をしても治らない。このような障害が発生すると、人生が終わるまで苦しみが続くのだ。だから、多くの職人は自分のスキルを別の形で活かしていく。

職人仕事の肉体的な厳しさについて話すと、どんな職業にも大変なことはある、とよく言われる。それは確かにその通りだろう。だがそうした発言をするのは、えてして肉体労働とは無縁の人々だ。多大なストレスと精神的な苦痛が伴う自分の仕事と比べて、肉体労働は結果が目に見える、楽しい、単純な仕事だとほのめかしているのだ。だが当然のことながら、肉体労働だからといってストレスや厄介な人間関係から逃れられるわけではない。

建設業界の管理職は数が少ないため、多くの職人が業界からお払い箱にされてしまう。新しいプロジェクトリーダーを採用する際、雇われるのは往々にして経験豊富な職人ではなく新米の設計士である。実務管理の上でも、実用的な資格よりアカデミックな資格が優先されがちだ。

その結果、専門的な技術を身に付けた職人は減り、建設業界は優秀な人材を失っている。豊かな経験と専門性を備え、自分の得た知識を若い世代に伝えるべき職能人生のピークに、優秀な職人が辞めてしまう。

エバが電気系統の下見にやってきた。建築現場で女性が働いていることは珍しい。エバは腕はいいし、見積もりもしっかりしていて信用できる。屋根裏を回りながら、皆でざっと工程を確認した。それぞれの目から見て特に気を付けることがあるかと尋ね、彼らからの質問に答え、各自の担当箇所に関わる部分の入札書類のコピーを渡した。そして見積もりの締め切りを確認し、それに目を通したら連絡すると約束した。

塗装工はメモを取りながら、コーナーを数え、壁の面積、巾木、廻《まわ》り縁《ぶち》［天井と壁の接する部分に取り付ける細長い部材］などの長さを計測した。私は標準のペンキと、やや耐久性に優れた値段の高いペンキの両方の見積もりを依頼した。ペンキの品質は千差万別なので、そういった細部にも配慮していることを示すのは入札でプラスになるだろう。ペンキの見積もりをもう一つ作成しても、大して時間はかからない。それから、塗装作業中にどのような養生カバーが必要なのかを決めた。私はいつも壁穴の補修や塗装作業の大部分が終わるのを待ち、できるだけ遅いタイミングで床を張ることにしている。そうすると床をカバーする手間が少なくなり、何より床が傷つくのを避けられる。

建設業界にはベトナム人の塗装工が多い。ベトナムには塗装事業を奨励する文化があるのではないだろうか。これは私の観察による不正確な統計が導き出した仮説である。今回一緒に仕事をするタムは、何をするにも行動が早い。タムが話すのは自己流のノルウェー語なので、言うことをすべて理解するのは難しい。だが仕事は丁寧で、報酬も妥当だ。彼が母国でどんな仕事をしていたのかは分からないが、腕は確かだし、彼の会社の作業品質の評価は厳格だ。

ベトナム人塗装工と一緒に作業をすると、いつも美味しそうな匂いがする。彼らはいつも昼食に温かい食事を取るのだ。炊飯器、野菜、ソースを持参してご馳走を作る。温かい食事の匂いが漂う建築現場というのも珍しいので、何だか森に行ってキャンプをしているような気分になる。

ペッターは、私が本職の大工になった頃から、親方がいつも依頼していた板金工である。腕の立つ陽気な男だ。ペッターに会うと気持ちが明るくなるので、元気が出ない日にはペッターと下見をすればいい。彼とは多くの仕事を共にしてきたので、馬も合う。だが顔を合わせれば、つい仕事ではなく釣りの話をしてしまう。二人共トラウト釣りをし、フライフィッシングを好む。だが彼のノーザンパイク［キタカワカマス］釣りは理解できない。

ペッターは換気口や、換気口と排気管の通るベントカバーの見積もりを作ることになっている。さらに、昔行われた作業箇所の修理として、もう一つ別のベントカバーと換気口の見積もりも頼んだ。これは仕様書には含まれていないので、もし修理するなら別件になる。しかし今回の下見で確認しておけば、一度で済む。板金加工された既存の部分も、念のためペッターに確認してもらう。煙突の屋上から出ている部分は大丈夫だろうか？　煙突の傘は雪に覆われているが、問題はなさそうだ。それからペッターと少し穴釣りの話をした後、下見を完了した。

次は煉瓦工だ。彼に見てもらうのは補修が必要な壁や煙突、それにコンクリートを流し込みタイルを貼る予定のバスルームの床だ。煉瓦工のヨハンネスも仕事を通して友人になった昔馴染みだ。仕事以外で会うことはないが、私の方では大切な友人だと思っている。私は彼らから与えられた仕事のおかげで生活できるし、またその逆も同じことがいえる。私たちは仕事を完成させるために共に疲れきるまで働き、励まし合ってきた。建材の請求書が届いているのにまだ報酬が入ってきていない時には、不安を分かちあう。中途半端な仕事は許さないが、互いを口汚く罵ったりすることもない。たぶん、だからこそうまくやってこれたのだろう。

この仲間たちと共に働いている時ほど、大工という職業に誇りを感じる瞬間はない。彼らに対して抱くような深い信頼を、他の人々に寄せることもない。彼らは私と同じように寒さとは何か、埃とは何かを知っている。ほかの職業の人にこの感覚を理解してもらうのは難しいかもしれないが、私たちは特別な絆で結ばれ、互いを尊敬しあっているのだ。

10

建築士の作成した入札書類があまりにも大雑把なので、私は自分用の積算書を作って、重要な部分を項目ごとに分けた。こうしておけば個別に金額を確認できる。この手の作業に使えそうな計算ソフトがあるのだろうが、試したことはない。今回のような規模のプロジェクトになると計算も複雑になるので、結局、項目ごとの見積もりは自分の経験が頼りだ。計算ソフトは臨機応変に使えるようには作られていないのだ。時間は掛かるのかもしれないが、私は昔ながらのやり方のほうがいい。

私は一平方メーター毎の床、布、ビニール、石膏ボード、断熱材の量、一メーター毎の木材、釘帯《くぎおび》［中心線に沿って穴の並んでいる帯鋼で、壁に当てるとこの穴越しに壁に釘を打つことができる］用のスチールなどの分量計算を始めた。窓やドア、締《しま》り金物《かなもの》の数を数え、膠《にかわ》やグラウト材［コンクリートの空隙目地やひび割れなどの細かい隙間をふさぐ際に用いられる、流動性のあるモルタル］のような接着剤の分量も見積もる。作業開始から最後の釘やねじを留め終えるまでの、プロジェクトの各工程の材料を見積もるのだ。

タウラン木材店〔ノルウェーにある実際の木材店〕のホームページにログインすると、私専用の割引価格が表示される。接着剤やグラウト材はモーテク工具店で購入する。どちらもプロ向けの専門店で、それがサービスに反映されている。品揃えが良く、販売員も事務スタッフも知識が豊富だ。一般の客が2メートルにも及ぶ買い物リストを片手に、質問し終えるのを待つ必要もない。DIYに興味を持つ人がいることは職人として嬉しいが、一緒に列に並ばずに済むのはありがたい。

リストアップした材料の値段をすべて足したら、27万クローネに跳ね上がった。

次は廃棄物の処分のコストを算定する。合板、無垢材、漆喰、粘土〔建物の建築当時、粘土は階と階の間に断熱材として敷かれていた〕、さらにアスベスト等の量を見積もり、廃棄プランを作らなければならない。現在はアスベストに関する規制が厳格になっている。処分はそれほど難しいわけではないが、規定の手順があるし、その作業を厳密に記録しなければならない。駆け出しの頃はまだ作業員の健康が配慮されない時代だったので、自分でもアスベストの除去作業をしていたが、今では専門の業者にまかせている。

アスベストはひどく危険な鉱物だが、かつては一般住宅でも耐火断熱材として使われていた。現在の厳しい規制を考えれば、長年の間には相当な数の職人の癌発症例があったに違いない。アスベストを製造した企業は、健康への悪影響が広く知られた後でもそれを否定していた。よくある話だ。誰もがすぐに思い浮かぶのは煙草業界だろう。歯科クリニックで使われていた水銀も同じだ。歯科助手は自分の主張を信用してもらうべく、長年に渡り裁判所で闘わねばならなかった。

建築現場では、廃棄物、断熱材、木材やプレート原料から粉塵が大量に出る。加えて、これまで使用されてきて、今後も使用される化学物質もたくさんある。膠や塗料の溶剤、セメント製品中の強塩基《きょうえんき》性《せい》物質などだ。ノルウェーに出稼ぎにやってくるスウェーデン人は、フルフェイスの防毒マスクを付けて作業している。ノルウェーよりもスウェーデンやEU内での規制の方が厳しいのだ。オイルベースの塗料を使う方が発色がいいと主張する人に、揮発油は蒸発すると強い温室効果ガスになると説明したことがある。そのような塗料を使用する環境で長年作業すると、どういう結果を招くか想像してみてほしい。

アスベストは、粉塵が危険物質になりうることを示す良い例だ。化学物質と粉塵の混合物の影響はあまり知られていない。癌や慢性《まんせい》閉塞性《へいそくせい》肺疾患《はいしっかん》は、足場からの転落とかのこぎりで怪我をするといった事故とは違い、ひっそりと進行する脅威なのだ。

ヘーガマン通りの集合住宅を建てるのに当時使われていた建材は20種類程度だっただろう。現在の建設業界では、約5万種類の建材が使われている。自分が使う材料すべてを把握することが、いかに難しいかが分かるだろう。

その次に納戸スペースの移動、床張り、階段および窓の開口部の製作、吊り天井の製作、建材の搬入などの作業に要する時間を見積もった。大工仕事の費用のおよそ70%は、このような作業の人件費である。

搬入物はとてつもない量だ。建材があまりにも多いため、作業期間中に3回に分けて運び上げる必要がある。そうしないと建材が場所を取り過ぎて作業がやりにくくなる。私は階段の昇り降りを少なくするため、屋根裏に建材を運び上げ、その帰りに廃棄物を運び下ろす上手い段取りを考え付いた。こういったことを考えるのが私は大好きで、ボードゲームをしているようだ。

すべての項目を計算した後、どれほど入念に計算しても必ず発生する、想定外費用の項目を付け足した。自分で作業すると楽観的になる傾向があるので、時として見積もりが少なめになってしまう。それが分かっているから、想定外項目は自分への覚書として付け足しておくのだ。費用総額にその10%を加算するが、自分の見積もりに自信があれば、パーセンテージを減らす。

最後に、下請けの職人に掛かる費用も計算に入れる。後で彼らから実際の見積もりを受け取ってからそれを入れ替えるが、今のところは、これまでの同様のプロジェクトの見積もりを土台にしている。入札総額は約１１５万クローネ［日本円にして1492万円程度］になりそうだ。

入札で最も重要なのはこの数字だ。というより、現実的にはこの金額がすべてともいえる。だからこそ、自分が間違った方向に進んでいないかを確認できるよう、重ねてチェックした方がいい。そのために比較対照できる参考金額を用意する。

最も役に立つのは、一平方メートル当たりの金額に平方メートル数を掛ける、シンプルな計算によるものだ。一平方メートル当たりの値段を得るためには、作業工程がどの程度複雑になるかの見極めが大事だ。過去のプロジェクトを参考にする時は、最近の価格傾向を考えに入れておく必要がある。数年前に建材の値段が三倍に高騰した際、それを考慮しておかなかった業者は痛い目に遭い、会社がいくつか倒産した。また、計算にバスルームの製作が入っていると見積もりが一気に複雑になり、一平方メートル当たりの値段が高くなる。私はもう一度掛け算をして、合計金額を出した。

もう一つの検算方法は、全体の見積もり金額からバスルーム製作の経費を抜粋したバージョンだ。言い換えれば、バスルーム用に25万クローネの独立項目を作るのである。次に他の項目の平均的価格を計算し、最後にバスルーム製作の価格を加算する。

こうして、比較対照できる3種類の合計金額が出せた。どれも自分の出した見積額とあまり差がなかったので、恐らく正しい金額を導き出せたようだ。ようやく少しホッとする。

見積もりに失敗したら、自分の給料が消えてしまう。原材料費、固定出費、それに下請け会社への支払いを済ませた後に手元に残ったものが私の給料であり、生活の糧である。見積もりというのは、熟練を要する高度なスキルなのだ。見積もり段階から10％程度変動しても大きな問題にはならないが、今回の場合、それは11万5000クローネ［日本円にして149万2千円程度］の報酬に相当する。

以前、見積もりを誤って大きな失敗をしたことがある。ある年、例年よりもかなり仕事量が多かったにもかかわらず、課税所得が1万9000クローネにしかならなかったのだ。唯一の慰めは次の年に秋の納税を気にしないで済んだことだが、結果的に、その仕事のために1時間100クローネ以上を自分で負担することになってしまった。計算においても、人は経験によって学ぶしかない。

かつての親方は、落札する度に不安になると言っていた。受注できたのは、自分の入札額が低すぎたせいではないかと考えてしまうのだと。

今やっているのは、大工仕事と内装業務の見積もりだ。大工仕事とは壁を塗ったり窓を設置したり、その他の大掛かりな作業全般である。いっぽう、内装業務はドアや窓枠、モールディング［段差や繋ぎ目を覆ったり装飾を施す目的で用いる細長い建材］の設置や、その他内装の細かい部分の作業だ。

大工の仕事には一般的にどちらも含まれるが、私の場合は大工作業の方が内装業務より多い。内装業務の方が大工仕事より難しいわけではない。屋根裏の改築の場合、むしろその逆だと思う時もある。作業内容や、どれほどその作業に慣れているかにもよる。両方の作業が関わってくるプロジェクトは、なかなか段取りが難しい。大まかな部分の作業をする時には、既に細かい部分の作業も視野に入れていなければならない。5月に仕事を完成させるためには、1月のうちに作業の仕上げを考えておく必要がある。

ノルウェーの手工業文化の特徴として、職人は自分の専門に関わるあらゆることに習熟していなければならないことがある。専門分野の定義が広いのだ。他の国では専門がもっと細分化されており、それぞれの分野の職能の範囲はもっと狭い。

職人の世界における基本的な作業はどれもあまり高くは評価されず、単純できつい仕事とよく揶揄される。だが、実は作業をしたのが有能で勤勉な職人か、それとも怠け者で専門家を気取るスノッブなのかは、その仕事ぶりを見ればすぐに分かってしまう。解体や後片付けの作業をきちんとする職人は、その他の作業も上手にこなす。

コック、大工、農業者、漁師のように手を使って働く人間は、仕事に対して概ね同じようなシンプルな態度を取っている。たとえ熟練した技術を持っていても、気取ることを嫌うのだ。職人の研修は基本の技術からより高度な技術へと進む。基本的な作業をつまらない仕事と思うか、あるいは最も重要な心臓部とみなすかは、見る側の心理状態による。

私たちの住む社会についても、似たようなことが言える気がしてならない。ものを作るということの基本的な部分は、私たちの日常生活から取り除かれつつある。一般の人々の目に触れる機会は徐々に減り、興味も薄れている。人々は汚れや騒音を受け入れないのだ。製造の現場に関わる職種に対する人々の態度は、この心理的な距離感からきている。

職人の仕事を単純化しすぎた結果がもたらすものは、思ったより複雑である。生産現場も生産者も存在しないかのように作られた商品カタログは、私たちの生活の不毛なカリカチュアだ。汚い面はいらない、単純で、安い製品がほしい、と。

ものづくりに対するこうした態度が生むのは、身体が汚れ、疲れきってしまう仕事に対する拒否感だ。生産労働はできるだけ避けることが好ましい。生産現場が管理可能な環境、つまり工場へと移されるのは当然の流れだろう。さらに次の段階では、この現実を物理的に目の前から消し去る。賃金が低く、耐え難いような環境で人々が働かされる地域へ仕事をアウトソーシングするのだ。これ以上清潔で効率的なことはない。

だが手仕事は、商品の写真が与えるイメージのような、清潔で殺菌済みのものには決してならない。たとえば中国へと移された生産現場については、目に入らなくなれば考えることもなくなる。去る者は日々に疎《うと》しだ。でもそれは、生産過程が商品カタログのごとく無機質で清潔になったわけではない。

ノルウェーで建物が話題になるのは、もっぱら新しい建物が建設される時である。ツルツルしたカタログの完成予想図には、より魅力的に見えるよう、木々や人々が描きこまれている。だが新しい建物にだって、リアルな手仕事は必要なのだ。もっとも、改築よりも作業は簡単で清潔であることが多いが。

今、私たちの社会に存在している建物は、将来的にもかなり残るだろう。新しい技術ができれば、そうした建物の改築やリフォームは効率よく行えるようになるかもしれないが、汚れ、寒さ、それに汗のない無機的な現場などありえない。

このような状況で、誰が建築業のような仕事をやりたがるというのだ？

省エネルギー住宅に関する議論にも、同じような問題が含まれている。建築基準や技術規定といったものは、いつの時代も曖昧で、砂に引いた線のごとくいくらでも修正が利く。省エネルギー住宅の定義も同じだ。省エネルギー住宅を建てるというと複雑で格好いいもののように聞こえるが、実際には古い物件を改築する方が、よっぽど環境には負荷がかからない。だがリフォームではありきたりだし、汚いといったイメージがついて回る。省エネルギー住宅や最新テクノロジーの方が、現代的でもてはやされるのだ。

今の厳しい建築市場で本当にエネルギー消費の効率性を考えるならば、既にある住宅の改築に力を注ぐべきだろう。断熱性にちょっとだけ優れた新築の家を建てることには、実際にはそこまで大きな意義はないのだ。

政治家にしてみれば、常にメンテナンスや改築を必要とする面倒な建築プロジェクトよりも、省エネルギー住宅についてもっともらしく語る方が信用を得やすいのだろう。複雑な状況を説明するよりも、シンプルな例をひとつ打ち出す方が、聞こえがいいのだ。

こうしたさまざまな課題を解決するには、手工業や職人の仕事に対して、現在とは異なるアプローチが必要だ。顧客や消費者は言葉を慎重に選び、自分の選択に責任を持たなければならない。商品に個性を取り戻すのだ。地球の反対側で生産される商品からは、品質や個性に関する選択肢はますます減るだろう。生産段階で個性を消しておきながら、完成品で再び個性が加わるわけがないのだ。

職人、そして職人技《クラフトマンシップ》そのものには、ある程度の自由や裁量が必要だ。それがあって初めて、消費者が製品の美しさや機能性を享受できるようになる。なかには野暮ったくて使いづらいものもあるかもしれないが、それでも話題くらいにはなるだろう。

職人の多様性も大事な要素だ。アイデアを形にできるということは、設計者やデザイナーにとって最大の強みであり、物づくりの原動力である。どれだけ多くの優秀なデザイナーがいても、それを実際に形にできる職人がいなければ、いったい何を売るのだ？　デザインやアイデアを輸出するか、あるいはデザイナー自身を輸出するのだろうか？

最近、やや規模の大きな入札に3回参加し、連続して落札を逃した。見積もりに相当な時間を割いたので、うんざりし、少々焦っている。キェルソスでの仕事のような小さな案件では、生活できるほどの収入にはならない。定期的に規模の大きな仕事が必要なのだ。ペータセン一家に対しては熱心さを示しつつも、距離を取っている。どうしてもこの案件を受注したいなんて口に出したら、私が仕事を取るのに苦労しているように見えてしまう。焦燥感が態度に出ないように、慎重にならなければ。

東欧の職人の場合、彼らが必死なのは当然だという暗黙の了解があるため、それが競争上も有利に働く。なぜならそれが報酬にも反映されるからだ。多かれ少なかれ、私たちは誰もが職業や国籍に合ったふるまいを求められる。赤ワインのように、ニュアンスはかすかでも、洗練された態度を取らなければならない。芳香は強すぎず、だが味は濃密で、後味の良い仕事の思い出のようにそっと消えていくものが好ましい。少しスパイシーで異国風味のアロマがあってもいいが、快いものでなくてはならない。

「ポーランド職人」という言葉には、我が国の職人が提供する価格よりも安価であるというニュアンスが含まれる。仕事を受けた人物の国籍のせいで値段が安くなるという無意識の期待は、施主側に少々気まずい、苦い後味を残すはずだ。

落札できなかった三件のうちの一つは、明らかに金額で負けていた。私は落札した会社を知っているので、他の工務店の入札金額を隠さず正直に教えてもらった。

施主が優良な業者に平等な条件で競争させると、入札金額にはあまり差が出ないことも多い。自分の入札額が落札した金額に近いと、自分の見積もりが間違っていないことが分かるため、逆にちょっとホッとする。次の入札では恐らく勝てるだろうと思えるからだ。

二つ目の入札では、施主の下した決定の背景は何も知ることができなかった。自分で電話して問い合わせ、別の人が落札したことを聞くまで何も教えてもらえなかった。たまにこのようなことがあるが、あまり気分は良くない。

最後の入札も屋根裏の改築だった。何が起きていたのか、偶然にも施主と私の共通の知り合いが教えてくれた。施主の態度があまりにもひどいので、私もそれを知るべきだと思ったという。

実は施主は既に発注する事業者を決めていたが、金額を妥当なものに調整するためだけに入札を行ったのだ。施主と事業者は知り合いで、示し合わせて相見積もりを募ったのである。私ともう一社の工務店は値段の比較対象として利用されただけで、落札するチャンスなどまったくなかったのだ。実際には、私の入札金額は最も妥当だったそうだ。つまり誰よりも正確な見積もり書と、その見積もりに掛かった時間の分、いわば二重に損をしたわけだ。

さて、今はヨハネスやペッター、その他の下請け職人の見積もりを待たなくてはならない。ペッターは返事が遅い時もあるため、電話をしてこちらが待っていることを念押しする。もし彼の見積もりが合わなければ、話し合って解決すればいい。

入札も今では順調に進行しているのでペータセン氏は喜んでいるようだ。一家はできるだけ早く作業を開始して、遅くとも6月には完成させてほしがっている。

キェルソスで中断した作業を再開し、最後の二つの窓を入れ、テラスを完成させる作業にとりかかった。マイナス15℃の天候の中、作業ができるように雪かきをし、冷たくなった指でテラスのテーブルにネジを入れた。

この仕事の完成、つまり仕事がなくなる日が近づくにつれて、トーショヴの屋根裏の案件が重要度を増してきた。知り合いの同業者に連絡し、仕事を回してもらえないか聞いてみようか。かつての親方に電話をするか、手の空いている大工がいるとメンバーにショートメールを送ってもらうよう、工務店協会に頼んでみるべきだろうか。

自分が実際に仕事のできる状況かどうか不明なまま、同業者に仕事を手伝わせてくれるよう頼むのは、あまり良いことではない。ヘーガマン通りの案件を引き受けることになったら、他の仕事をする時間はなくなってしまう。改築の作業期間中は、他の案件のために現場を長く離れることはできない。予定どおりに完成させるため、またペータセン一家と良い関係を保つためには、着実に進行させなければならない。

仕事を断ることは難しい。断れば自分の評判に悪影響を与えかねないため、これは永遠の課題である。断らないという原則と、自分にこなせる仕事量との兼ね合いを常に考えなければならない。あまりにも多くの仕事を抱えてしまうこともあるが、そんな時は、いつ仕事がなくなるか分からないのだから、と自分に言い聞かせながら目の前の作業をこなすしかない。

I2

施主が空欄だらけの契約書を持ってくるのは珍しい話ではない。始めの段階としては別に構わないのだが、詳細は大事なので、自分が必須と思う項目は確認して加えるのが習慣になっている。

見積もりがいつまで有効なのか、いつから作業を開始できるのか、作業期間はどのくらいになるのか。これらの項目については双方協議の上変更可能、としておく。契約を結んだ時点からの建材価格の変動により、見積もり価格を調整する可能性あり。建材や廃棄物などの保管についても記述する。

「請負人はどの時点でも完成している図面や構造計算にアクセスできる」という項目を加えなければならないのは、おかしなものだ。当たり前のことのように思えるが、実際のところ、詳細図面はなかなか職人の手には入らない。建築士が深い溜息をつき、図面を見なくても、やりながら分かってくると言うのもお決まりのセリフだ。いかにも君は腕の立つ職人だから、とこちらにおもねるような口ぶりで言うのである。

私は作業の進行手順を確認するためだけに図面を要求するわけではない。設計士の選択した工法を証拠として残し、施工図の責任の所在を明らかにすることも、同じくらい重要なのだ。私だって自分の身は守らねばならない。

もう一つ加えたのは、完成予定日が遅れる場合、日割りで違約金が発生するという項目だ。施主は安心するし、私の方は自分が期限を重要視していることを施主にアピールできる。もっとも、契約条項になくとも私は常に期限を守るようにしているのだが。私にとって何より重要なのは、万が一完成が遅れた場合の日割りの違約金が予想でき、他の選択肢と比較してそれが安く済むことだ。

ここをはっきりさせておかないと、施主からクレームが出た場合、あっという間に争議に発展して、法廷で戦うことになりかねない。そうなると決まって高い訴訟費用が掛かる。たとえば施主の被った不都合を補償する場合、全額補償という判決もあり得る。そうなった場合の金額を考えれば、日割り計算の違約金など微々たるものだ。

トラブルの内容は作業時間、選択された工法、その実行方法についてなどさまざまである。このような争議が発生すると、かならず数週間あるいは数ヶ月の間睡眠障害に悩まされることになる。解決されるまでの不安や諸手続きに取られる時間は、弁護士への報酬より高くつくだろう。

法律上は、施主に対して職人はプロの立場なので、すべてを知っていて当然だという解釈になっている。だが小さな会社を経営していると、法律全般を把握することは困難だ。我が社の法務部はなんて小さいのだろう。一般的な施主より私の方が法的知識を備えているのは当然だが、時には法律や契約書に詳しく、そしてシニカルな考え方を持つ施主と対峙せざるを得ないこともある。

私は法律とは、行動の規範の最低限のラインを示すものだと思っている。何かあればすぐに極端な行動に移すというのはあまり好きではない。だが、弁護士を通してこうした問題を解決するのが当然だと考える施主が数多くいるのも事実だ。オスロ西部に行くほど、家庭向け顧問弁護士と契約している施主が多くなる。大工としては、すぐに弁護士に連絡をするような施主は避けたいものだ。

法律の文言は、概してあまりにも曖昧すぎる。以下は手工業事業法からの一例である。

第5条、第1項（1）サービス提供者は専門的なサービスを提供し、（2）適切な配慮をもって消費者の利益を保護しなければならない。またサービス提供者は状況に応じて消費者に助言し、相談に応じなければならない。

「専門性」とはなんだろうか？「適切な配慮」の意味はあまりに漠然としていて、人によって解釈が違うだろう。「状況に応じて」とはそもそも相対的な概念である。「助言する」や「相談に応じる」も同様だ。

知り合いの弁護士が、ノルウェーの法曹界でよく使う言い回しを教えてくれた。「正しくあることは無料だが、正しいと証明することは金が掛かる」。10万クローネ［日本円にして130万円程度］の争議の場合、どれくらい自分が正しいと証明したいか考えてみたほうがいい。一般的なケースでは施主と職人が半額ずつ費用を折半して解決となるが、そこに行き着くまでに多くの職人が早々に諦めてしまう。このような苦労には、弁護士報酬5万クローネ分の価値はない。

そもそも「プロである職人が一番良く知っているはず」という前提にしろ、見積もり段階ではある程度想定に基づいているため、工事開始前の時点では何がベストかの判断は難しい。施主にしても、自らの選択がどういう結果になるか十分理解していないことも多いのだ。

施主に専門的な知識がないのは仕方ないが、なかには自分の依頼した案件についてろくに理解しようとしない人もいる。彼らはテレビやジャケットといった完成品を店で購入するのと同じような感覚でいるのだ。

そんなわけで、法廷では往々にして意固地になった施主の言い分が通り、勝訴することになる。専門性が逆手に取られ、職人はすべてを熟知しているべきとされるいっぽう、施主は純真な幼な子のように見なされる。

そうした立場を利用し、法律を盾にして利益を得ようと動く施主もいる。強硬な姿勢を見せれば勝訴できる上、顧問弁護士が入れば、さらに大きな金額を得ることができる。

最悪のパターンは、家族または友人が依頼した案件で争議に発展することだ。私自身、かつて口頭の約束だけで親友の依頼を引き受けるという、落とし穴にはまってしまったことがある。残念ながらその友人との関係は破綻し、金銭的損失も被る結果になってしまった。

13

改築の場合、作業の手順が新築の場合とは異なることが多い。もし私が落札したら、私の下請け職人の報酬は時給で発生し、さらに建材の費用は別に請求する。タムは固定の報酬で塗装作業を行うが、彼にとっても私にとってもその方が都合がいい。

私がこのようにプロジェクトを管理するのは、これが一番効率的だからである。臨機応変に対応する余裕ができ、より実用的で、場合によってはより良い解決方法を考え出すことができる。

時給制は最悪の場合、費用が高騰してコントロールできない状態になる。だが施主と固定報酬制の契約を結べば、自分の裁量で作業を管理し、下請け職人との信頼関係によって物事を進めることができる。すべてのリスクを背負うのは私だが、その分見返りも多い。

もともと職人たちは、その上に控える管理職からはあまり干渉されず、建設現場で直接助け合っていた。フラットな組織の中で職人同士がコミュニケーションを取るのが自然なことだったのだ。だが今やこれは、現実というより理想になってしまった。組織が重要視されるようになり、個人の責任は曖昧になっている。これがお役所仕事がはびこる要因かもしれない。協力し合う習慣が消え、別の管理体制がそれに取って代わる。それも書類を通した間接的なコントロールだ。

まず、何か重要な事柄についてきちんと理解したことを示すためにチェックを入れ、実際に作業をした後にまたチェックを入れる。別の誰かが自分のチェックを確認してから、やっと仕事が完了したことになる。しかも、疑問に答え、決定をくだす立場にいる管理職は現場には来ない。一見責任の所在が明確になっているかのような制度だが、実際には誰も責任を負わない。少々大げさかもしれないが、誰もが多少なりとも似たようなことを経験しているだろう。

現在、違う分野の職人同士の関係性は、職人と建築士、設計士と施主の間のそれに近い。これは昨今の建築業界に起きた、かなり劇的な変化である。

こうした官僚主義の背景にはさまざまな理由がある。書類ベースの品質管理は、社会のすみずみにまで浸透している。大企業は大きな権力を持ち、書類にチェックを入れたり確認したりするだけの管理部署があるので、このようなシステムに反対する理由もない。だが、こうしたやり方に馴染まない小さな工務店は、競争に負けてしまう。そうしてさらに、大企業が勝ち続けるのだ。

下請けの職人たちからの提示価格が集まったので、見積もりを完成させた。ペッターから口頭で聞いた見積価格は、配管作業の項目に記入した。各項目には特に目立った点はなく、すべての金額を合計すると、総額は予想どおり112万クローネ［日本円にして1450万円程度］になった。

さらに想定外作業の見積もりも付け加えた。この金額は入札書類には載っていない。最終チェックを行い、入札用の見積もり書ができあがった。契約書に入れてほしい重要項目、見積もりに付記する条件も添付した。

そして文書のすべてをメールで送った。後は入札の結果と、次の6ヶ月間仕事があるかどうかが分かるまで、この件についてはできるだけ忘れていたい。ペータセン夫妻が屋根裏を改築する業者を決めるのは、2週間後だ。

14

キュルソスでの仕事が終わり、施主は出来上がりに満足してくれた。私は請求書を発送した。

その後、前々から下見していた案件の仕事が入った。特に連絡がなかったので諦めていたのだが、突然施主から電話が入り、時間はあるかと聞かれたのだ。ノーストランでの作業は4日間の予定で、支払いは時給。私はいつでも作業を開始できると答えた。これはやる価値のある仕事だ。

施主は優しそうな人で、仕事はキッチンの棚と調理台を取り替えるというものだった。私がすぐに取りかかったので、とても喜ばれた。ちょうど他には何も仕事がなかったので、私にとっても良いタイミングだった。これは一度受けたら、本人やその知り合いからさらに依頼が入るようなタイプの仕事だ。それは何年も先かもしれないが、完成した物が私の名刺のようにずっとその場に残る。良い仕事をしたら、それが自分の推薦状になるのだ。

友人、パブ仲間、親戚、自分の下請けなどには、自分の手が空いていることをそれとなく伝えてある。同業の大工に頼むことや、事業者協会を通してそういう発信をすることは今のところは控えている。空いている時間を利用して、ソールラン［ノルウェー南部の地域］に一週間行くことにした。そこには子供時代の家があり、現在は親戚が住んでいる。食事をして、釣りをして、好きなだけ寝よう。今年の夏休みは短かったし、その後はずっと忙しかった。休暇はいわば薬だが、仕事のことが完全に頭から消えるまでに4日間かかった。

毎晩ベッドに入ると、さまざまな思いが頭に浮かび、取り越し苦労に悩まされる。夜中に目が覚め、お金、請求書、仕事上の些細な事柄、施主やその要望などが、頭の中をぐるぐる回り続ける。

結局こうやって考え続けるのは、自分は勤勉で努力家なのだと言い聞かせるためなのかもしれない。たとえ今回うまくいかなくても、少なくとも私は自分のすべてを注ぎ込み、やるだけのことはやったのだと。暇になるとこういった考えが浮かんでくる。集中できる進行中の仕事がないのでそうなるのかもしれない。ふっと、心の奥底にある自分の能力に対する疑念が湧いてくるのだ。そんな余地は、ないに越したことはない。

ペータセン一家からのメールが届いた。目にした途端、脈が早くなり心臓がドキドキし始めた。コーヒーを淹れると、寒いにもかかわらず外の階段に座り、煙草に火を点けてメールを開いた。私は猛スピードの出る乗り物、高所、薄気味悪い場所、そういったものが嫌いだ。エクストリームスポーツには絶対に向いていない。こんなふうに日常の中に動悸が激しくなるような場面がいくらでもあるので、そんなスポーツは私には必要ないのだ。

やった！　ペータセン氏は私の会社、私に発注したいと言っている。いくつか話したいことがあるから打ち合わせしたいと書いてある。もちろんだ、打ち合わせならいくらでもできる。私はほっとすると同時に、嬉しさがこみ上げてきた。今回の仕事はうまくいく。この前の仕事より、いや、これまでに受けてきたどんな仕事よりも良い仕事になるだろう。

このようなことがあると、自分の喜怒哀楽が激しいのがよく分かる。がっかりした時でもそれは同じだ。本当は一息ついて心の準備をすべきだが、落札の可否は気持ちの上でも、日々の生活においてもあまりに重要なのだ。資金繰りの心配から解放されることと、朝起きて仕事に行くところがあること、夏休みを取るだけの経済的余裕や理由があること、疲労困憊してぐっすり眠れること、仕事の達成感が味わえること。これはたったの5ヶ月間だけであってもありがたい。

周囲の人々に元気かと聞かれる時、曖昧な返事をしないで済む。愚痴や弱音を吐いたりしないで本当の気持ちを伝えることができる。その質問に悪意はないし裏もないのは分かっているが、私の心にはさまざまな思いが湧き上がる。それを聞く度に不安が倍になって押し寄せるような気がするのだ。しかし今は元気で忙しいよ、それにいい案件を引き受けたよ、と答えることができる。

15

一月上旬のある火曜日、私はペータセン家のキッチンにいた。ペータセン夫妻は私と一緒にテーブルに着いているが、二人の息子たちは知らない人に会うのが恥ずかしいのか、興奮して室内を走り回っていた。家に入ると、私はイェンスとフレデリックにきちんと挨拶した。長男のフレデリックは5歳半、次男のイェンスは3歳半だ。イェンスは少々恥ずかしそうだったが、フレデリックと私が握手をすると、彼もそっと手を差し出した。そのうちこの二人とも仲良くなれるだろう。

契約書には、ペータセン一家のキッチンを昼食時に利用できると書いてある。私たち職人はここで各自のランチを食べ、水道の水を出し、バスルームも使うことができる。初めて個人のプライベート空間にこのように足を踏み入れた時には、違和感があった。いつも自分のタオルを持参し施主のバスルームに置かせてもらっているが、施主によっては備え付けのタオルを使ってもいいと言ってくれる。だが私たち職人は、彼らのプライベート空間に汚れや埃を持ち込んでしまうので、できるだけ施主のバスルームでは身体を洗わないようにしている。灰褐色の水で洗面台の白い陶器を汚したくないので、いつも使用後はきれいに流すように心がけているが、使う前ほどにはきれいにはならない気がする。

ペータセン夫妻は、私が契約書に日割りの違約金条項を入れたことを評価してくれたので、代わりに念のため工事期間を一週間長くしてもらった。それに加えて、私が病気や怪我で一定期間働けなくなった場合、引き渡しをさらに2週間延期できるという項目も入れてもらった。こんなふうに引渡し日に関しては、余裕をもって作業できるように、また問題が起きてもあまり大きな争議には発展しないように、明快な契約書を作成するようにしている。最新版の引き渡し日は、夫妻の考えていた入居時期よりもだいぶ前である。

話のほとんどは形式的なものだったが、私が以前リストアップした、契約書には記載されていない作業について話すなら今だろう。これらの想定外の作業について合意して互いに署名をしない限り、契約締結にはならない。

想定外項目のうち、最も額が大きいのは屋根の支持構造物であり、それについては私の提案した新しい母屋桁の配置が採用された。既に値段も付けてあり、ペータセン一家が承認してくれた見積もりに付録として添付してあった。アスベストのことも、その除去作業を委託する件も承認された。

私はリストに沿って、さらに各項目について話を続けた。彼らはこういうことはある程度予想していたようで、予算に想定外費用という項目を設けていた。私はほっとした。

ダクトが屋根裏を走っているが、耐火のために屋根の上を通さなければならない。私はこの作業は恐らく隣人の責任になるはずだと述べた。誰が費用を負担するのか私には分からないし、それについてはペータセン夫妻が隣人たちの同意を得なければならない。またこの件で私が裏で糸を引いているように思われるとまずいので、そこをペータセン氏がきちんと理解しているかどうかを確かめた。隣人たちと揉めるのは避けたい。なにしろ私はこの建物の住人にとっては邪魔者になるのだから。その上喧嘩に加わって、争議に発展するようなことは避けなければ。ペータセン夫妻は、私が何か揉め事に巻き込まれたら、改築作業の進行に影響が出ることを理解してくれた。

夫妻はアパートメントの電気配線の古いケーブルを取り換えるかどうかも検討しなければならない。電気工は新しいコードに取り替えた方がいいと言っているが、それをすると経費が1万5000クローネ余計に掛かる。だが似たような建物の中で、同じような焦げた古いケーブルを見かけたことがあるので、電気工の提案はもっともだと思った。配線設備に関してはいずれにしても大がかりな工事が必要になるので、全体から見ればささやかな費用だ。この件はそれほど急ぐわけではないので、そのうちに決断するということで合意した。

今度はペータセン夫妻の番だ。彼らはできれば、仕上げ作業や塗装作業の一部を自分たちでやりたいという。そうすればわずかでも人件費を節約できるからだろう。私の方では特に問題はない。私は夫妻に、自分たちでプロジェクトの予算を管理するのは良いことだと言った。そしてもし職人の作業が必要ない場合は、余裕をもって事前に言ってほしいと頼んだ。私にとって重要なのは、自分の担当する大工作業の時間を管理することだからだ。

ペータセン夫妻は階段部分を自分たちで購入したがっている。半螺旋の階段、そしてキッチンというのは人々にとってとりわけ大事なものらしい。家の中でも特に工夫をこらしたい部分なのだろう。家族や友人に披露して、この階段はどこそこで見つけたとか、地図を見せながらここの内装業者に作らせたんだ、などと説明できるように。階段部品はたいてい、国内のスルダル社かヘストネス社、またはイタリアのヴェローナ、ドイツのミュンヘンから取り寄せる。階段は家の中心であり、人はどこか誇らしげな気持ちでリビングへと下りる。また子供たちが上り下りし、時には手すりをよじ登って遊ぶ場所でもある。夫妻には、自分で階段を購入してもそれほど費用の節約にはならないし、かえって複雑になることも多いと説明した。しかしこれも、私にとっては別に問題ない。階段の製造会社にメールを送って見積もりのお礼を述べ、発注はしないことを伝えるだけだ。

今彼らが話しているいくつかの項目は、恐らく長い間考えていたことに違いない。本当は最初から仕様書に入っているべき事だが、この交渉の場で持ちだしたのは彼らの戦略なのだろう。比較的簡単な件から小出しにし、最も難しい事項を最後に持ち出すのだ。

ついに彼らは、ある内情を明らかにした。カーリ夫人の父親はマクスボ［ノルウェーの建材チェーン店］で働いているので、彼を通せば材料を安く購入できるのだという。これはそう簡単に同意できる問題ではない。

自分の仕事の質を保証するためには、品質の保証された建材を使わざるを得ないのだと、私は説明した。私が主に取引しているのはタウラン木材店だが、ここは品物がいいし、問題が発生してもすぐに対応してくれる。またこの店が私に提示してきた割引率は、見積もりの金額に反映されているのだ。

ペータセン氏はカーリ夫人の父親を通して買えば、同じように建材を安く入手でき、費用を節約できると反論する。カーリ夫人の代理人であるかのようにペータセン氏が語るのは、やはり典型的な男女の役割分担なのだろうか？　申し出をしたのは彼女の父親なのに。その申し出がこちらには受け入れがたいことを、同じ業界で働いている彼女の父親が理解できないのは少々不思議だった。

今回のようなプロジェクトでは、通常、建材によりほぼ3万クローネの利幅があるとペータセン夫妻に説明した。それは私の収入になるのだが、建材等の注文や配送の管理、苦情対応などを負担する自分への、いわば手間賃でもある。こう主張すると、しばらく間があった。やがてペータセン氏は、カーリの父親を通せば自分たちはかなり得をすることになるので、その分からある程度は私に還元できると言い出した。

こうしたプロジェクトは私のルーチンと下請けのルーチンが連携しているからこそ、スムーズに進行するのだ。私はタウラン店の運転手と知り合いだし、建材を屋根裏に搬入する時にはどのクレーン車を予約すべきかも知っている。足を運べば欲しい物を即座に見つけることができるので、時間も節約できて段取りも楽になる。また、タウランは私のような小規模事業者との取引を生業にしているので、気持ちよくやりとりができる。取引で大事なのは何よりも安心感であり、人間味を感じないマクスボでは私は自分が小さくて頼りない存在に思えてくる。もちろん、そんなことを理由として持ち出すことはできないが。

私は夫妻に丁寧に説明をし、このようなやり方には納得できない、とできるだけ明確に伝えた。彼らにとってそれが受け入れ難いのは、とてもよく分かる。金銭面はもちろん、提案が拒否されることがいやなのと、家族、つまり父親が関わっていることが問題なのだろう。恐らく父親は、自分のできることで娘を手助けしたいのだ。

だが私は譲るつもりはなかった。いや、それにより仕事を失うリスクがあれば妥協するだろうが、この件は戦うつもりだった。幸いなことに夫妻が譲歩してくれたが、そこでペータセン氏に突然あるアイデアが閃いたようだった。義理の父親を通して建材を買えないなら、それによって発生する損失を相殺するために、見積額自体をもう少し安くしてほしいというのである。これではまるで、私が彼らに損をさせているようだ。あまり深く考えずに値切っているのだろう。ペータセン氏の希望額は1万クローネ〔日本円にして約13万円〕だった。彼がその場の思い付きで話を進めているのは明白だった。カーリ夫人の方を見ると、顔には不快そうな表情が浮かんでいる。

金額的には建築費用全体の1％未満であり、つまり総額からみればささいなものだ。だが大した額ではないでしょう、と向こうを説き伏せるわけにはいかない。それを言ったらそのまま私の方にも跳ね返ってきてしまう。いざとなったら私への報酬から引けばいいというわけですか、なんて喧嘩腰になってもまずい。私たち双方にとって、1万クローネはそれほどわずかな金額ではないのだ。私は夫妻に、最初の見積書に同意した以上はそれに従って欲しいと述べ、幸いにも彼らが折れてくれた。

この話し合いによって、私とペータセン一家の関係に多少の変化が生じ、より真剣なムードが漂うようになった。私が夫妻に、建築の専門家として以外の顔を見せたのは今回が初めてだ。私は屋根の梁や施主の要望といったことだけでなく、自分自身のことも考えるのだ。気まずい内容ではあったが、この段階で話し合って解決できたことは良かった。私とペータセン一家はお互いの立ち位置を、改めて確認することができたと思う。そうだったらいいが。

現在の内容で契約書には署名するが、一家が自分たちで作業をする部分と、その分の費用の削除については、追って決定することで合意した。念のため、仕様書に含まれない項目は契約書に付録として添付した。

夜9時、私たちは契約書にサインし、握手を交わした。長い道のりだったが、これですべて整ったので、やっと本来のタスク、つまり改築に手をつけることができる。

実施許可申請や地域建築品質承認証も送付してあるし、屋根の支持構造物に関する変更も申請した。時間を節約するために少々ごまかして、契約書の締結前に都市計画建設課に申請書を送ってあったのだ。2週間後には作業を始められる。

家に帰る途中、友人の大工のダンに電話し、すべてがやっと決まったと伝えた。ダンも私と同様に自営業だ。都合がつけばお互いの仕事を助け合う。私たちは二人とも頑固なので、議論になると互いになかなか譲らない。私の方が、よりそういう傾向が強いかもしれない。ダンは私の細部へのこだわりや、作業に関して十分に理解しないと納得しない点に少々うんざりしている。彼はどんどん作業を進めながら問題を解決していく方だが、私は目の前の作業に自信をもって取り掛かれないと不安になってしまう。私のやや偏執的なこだわりを、彼のエネルギッシュな行動力が相殺してくれるのだ。ダンはヘーガマン通りでの作業が本格的に始まり次第、いつでも参加できるように準備してくれている。

16

作業開始までの二週間は、さまざまな雑務をこなしているうちにあっという間に過ぎた。事務作業は小さな会社の悩みの種だ。時間も体力も吸い取るブラックホールなようなもので、こなせばこなすほど、その吸引力が強くなるような気がする。今のうちに今年の決算の整理をし、書類を片付け、この先半年間の簡単な予算を作成しておこう。

私は自分の作業場を片付け、大工道具、ケーブル、プラグ、ランプを確認し、それぞれ油を塗って手入れをし、修理をした。ハンマードリルとネイルガンの一つを点検に出し、それと同時にレーザー墨出《すみだ》し器［建築上の基準となる直線、直角等を得る壁、天井、床などにレーザーを照射をする機器］を調整してもらった。こうした下準備は大事だ。

またペータセン一家の仕事に関連していくつかのことをネットで確認し、建築作業の間に必要になるパンフレットを収集して、技術的な明細事項を照合する。それらの文書は作業が完成したら、記録として引き渡す。

私は作業の記録を残すため、簡単な独自のシステムを考案した。工事中に撮った写真に番号を振り、ファイルに保管しておく。そして必要に応じて、その写真が何をしているところか説明を付けるのだ。こうすると私の行った作業が記録として残り、写真付きのガイドブックができあがるというわけだ。工事が完成した暁には、そのコピーを一冊施主にプレゼントする。文書と写真が組になっていれば、行った作業を把握できるし、施主にも分かりやすい。

一見同じような二軒の住居のどちらかを購入する場合、一軒には作業記録が付いていて、もう一軒には付いていないならば、多くの人は前者を選択するだろう。

このような記録のための市販ソフトもあるが、私は自分の考案したシンプルな方法が好きだ。ヘーガマン通りのプロジェクトのファイルを作り、下見で撮った写真を入れると、仕事の出発点の記録ができた。

私は煉瓦工のヨハネスが作ったバスルームにドアを取り付ける仕事のため、エケスベリクレンテンに行った。その際、トーショヴの案件を落札したことをヨハネスに知らせた。これでヨハネスはこの案件を自分の予定に組み入れてくれる。彼にはできるだけ早い段階で作業をしてほしい。そうすれば壁の埃や水をこぼしたりする心配もないし、造ったものを埃から保護するためにカバーをかけずに済む。ヨハネスも効率的に作業ができ、カバーをしなくてもいい分、時間も建材も節約できるだろう。

屋根裏のあちらこちらに散らばっているケーブルを設置しなおす必要があるため、ペータセン氏にゲット社［ノルウェーの通信事業者］のスタッフと連絡を取ってもらうことになった。電話会社にケーブルの移動と設置を頼むのは大仕事である。彼らはITの仕事をしているくせに、コミュニケーションについてはからきし駄目だ。私がペータセン氏にゲット社に一刻も早く連絡を取るように頼むと、彼は腑に落ちないようだったが了解してくれた。

エバにも、屋根裏の仕事をとりあえずスケジュールに入れてもらった。作業をしてほしい日の2～3日前に連絡をくれれば電気工を派遣してくれるという。ケーブルのいくつかは、早い段階で敷設し直したほうがよさそうだ。床は解体する予定だが、下のアパートメント用の配線は根太《ねだ》［床板を支えるために床の下に渡す横木］に沿って走っている。内階段用の開口部を造るため、配線の一部は移さなければならないし、新しいケーブルは屋根裏の新たに造る部分に設置することにしよう。

運び上げた建材は作業の邪魔にならない場所に保管しなければならない。屋根裏には収納スペースとわずかなオープンスペースがあるので、私はカギがかけられる収納スペースを一つ借りて、道具などを保管することにした。また以前作っておいた重要な建材のリストを確認し、タウラン店にまず何から注文するかを決めた。スペースのある限り物を置くつもりだから、やがては手狭になるだろう。

私は屋根裏の略図を描いて、各建材の置き場所を記入した。搬入する建材は、なんとかすべて収納できそうだ。

タウラン店に注文をメールで送り、運搬や搬入も予約した。廃棄物を路上に下ろすには、トラックのクレーンを使うことにする。解体作業後に廃棄物を整理すれば、下ろす作業も手早くできるだろう。廃材は路上に置いたコンテナに直接下ろし、粘土や石膏、石が入っている麻袋は同様に別のコンテナへ下ろそう。コンテナを分けておくと、分別も効率的にできる。残りの混合廃棄物は車に積んで、帰りに廃棄物処理場に持っていこう。

ダンはまず自分自身の仕事を終わらせなければならないので、こちらの作業が本格的に動き出してから合流することになった。しかし、とりあえず打ち合わせはやっておきたい。ある夜、彼が子供を寝かしつけた後で会い、屋根裏の図面や作業手順を確認した。実際に工事を開始する前に、ダンにも全貌を把握しておいてもらった方がいい。それはチーズを少し熟成させると美味しくなるようなものだ。プロジェクトは彼の心のうちのどこかで眠っていて、別段それについて積極的に考えることもない。だがそうしているうちに、仕事に対する感覚が徐々に湧いてくるのだ。

私たちは仕様書と図面を見て注意事項をリストアップした。その上で、さらに要注意リストも作成した。そこには特に重要な事柄や、見逃しやすい、あるいは忘れやすい事項を思いつくまま記入していく。私は既にリストを一つ作成してあったが、新たにダンと一緒に別のリストを作成して、二つを比較した。私のリストだけでは偏りが出てきてしまうので、一からリストを作り直すことで、見落としを防げるのだ。このリストは作業の間中ずっと手元に置き、終わった項目は削除し、時には新しい項目を追加する。私たちにとって一番重要なチェックリストだ。

17

管理組合から収納スペースを移動する許可が下りたので、建材を搬入する前の一週間、屋根裏でかなり激しい肉体労働をすることになった。都市計画建設課からの実施許可が出る一週間前だったので、万が一許可が下りなかった場合は収納スペースを元に戻す約束をしなければならなかった。同じ条件で床を解体することも許された。条件付きなのは仕方がないし、とにかく作業が早く開始できるのはありがたい。他に用事がない日は作業ができるので、引き渡しの日までに一週間多く余裕ができたわけだ。

今回のような案件を引き受ける際、職人は国または地方自治体から、建築に関する品質保証の認可を取得しなければならない。職人のトラックに「認可済み事業者」と書かれているのがそれだ。私は国の認可を取得していないので、必要に応じて案件ごとに地方自治体に申請をする。私には親方免許も長い実績もあるので、これが問題になることはまずないだろう。

もともと国による認可を受けていることが入札に参加する条件だったのだが、私は確実に認可を取得できるとペータセン一家を説得して、入札に参加させてもらった。そして現在この認可と、プロジェクト自体の実施許可が下りるのを待っている。すでにプロジェクトの一時的許可［請負業者が決まった時点で行う申請。この申請が通って許可が下りた後に、実施許可を申請する］は下りているので、解体作業を開始してもリスクはほとんどないだろう。

まだペータセン氏がケーブル会社と格闘している最中なので、現場には邪魔なケーブルがたくさんある。それらは慎重に外して、一時的に近くに掛けておく。収納スペースは壁を適当なサイズに切り、いわば組み立てキットを作り、場所が決まったら再びそこで組み立てる。描く、測る、切る。その繰り返しだ。

ペータセン氏によると、新規の収納スペースは規則の範囲内で一番小さな寸法で造ることになるので、不満を持っている住人がいるという。だが、認可されるには高さが最低190センチは必要になるので、小さくなり過ぎるという心配はないだろう。収納スペースは保管している物を簡単に出し入れできるよう、使いやすい形でなければならない。ただし柱、配管、煙突、方杖や繋ぎ小梁の配置も考慮しなければ。

建築士の図面は厳密なわけではないので、収納スペースの寸法は造りながら調整すればいい。私は床に新規の収納スペースの寸法を描き、原寸大でサイズを確認して、組み立てキットの正確な寸法を割り出した。

収納スペースを移動する前に、中にある物をすべて取り出さなければならない。屋根裏に置いてあるのは、まだ一応使える家具、ガラクタ、思い出の品や家財道具の寄せ集めである。これを機会に物を整理し、不要品を捨てる住人もいれば、どんなものであれ、一切合財そのまま移動させる住人もいる。

観察していると、住人たちの人となりが垣間見られる。物を捨てることができるか否か、物に対する好みやこだわり、美的センスなど。持ち物から住人の年齢や、現在と過去の仕事を推理してみるのも面白い。自分の作業スピードを上げるためもあって、ひとりの身体の弱い住人を手助けして、収納スペースを一つ空にした。

収納スペースの壁に守られていた物品が外に出されると、思い出したように屋根裏にやってくる住人が増えた。私の目には大した物ではないが、壁に囲まれていないとなると急に大事に思えてくるようだ。これまでだって扉にはハンマーでちょっと叩けばすぐ壊れるような南京錠しか付いていなかったし、中身だって長い間そこに置きっ放しだったはずだ。しかし人によっては、急にそれが壊れやすい貴重品のように思えてくるらしい。なかには何年間も出してなかった写真や小物を見せ、思い出を語る人もいる。ひとしきり語ると、再び収納スペースの暗がりにしまう。住人たちがこのように屋根裏に遊びに来るのは、なかなか楽しい。

収納スペースが完成すると、再び多くの物が詰め込まれる。今後数ヶ月間、埃が入らないように、収納スペースにビニールの覆いを掛けた。

これから改築を始める部分が、やっと空っぽになった。だが建材を運び込む準備はまだできていない。厚い床板を取り外し、いらない釘をすべて抜き、照明を外し、恐らく100年前に設置されたケーブルを取り除く。アイボルト［頭がリング型になっているボルト］とそれに結ばれた洗濯紐を外す。床は解体し、取り出した粘土はすべて麻袋に入れなければならない。粉塵の舞うなか、本格的に作業開始だ。

天井から突き出た釘が見るからに危ない。作業に集中すると、つい注意を払うのを忘れてしまう。そしておでこに釘がぶつかり、痛い思いをするのだ。最近では屋根裏を改築する時には、このような釘はのこぎりでカットすることにしている。傷がたくさんあると何だか殴り合いをしたように見えるし、坊主刈りの頭に赤いかさぶたがあるのは、見ていてあまり気持ちの良いものではない。

怪我をしたら救急外来に行ってワクチンを打ってもらうべきだとよく言われるが、忙しいので、傷に排水管の汚れや土が入った時しか行かない。幸いまだ破傷風に命を取られてはいないし、急性敗血症になったこともない。そんなことを心配していたら、一日中緊張していなければならない。人々が傷や怪我を恐れるのは、滅多にそういう目に遭わないからではないだろうか。私だって傷や血は好きではないが、私の仕事には付き物だ。

ヘルメットを着用すればいいのだが、そうすると頭の周囲が大きくなるので、屋根の勾配が急な狭い所ではしょっちゅう頭をぶつけてしまう。だから私はヘルメットは使わず、代わりに丈夫な麻布のキャップを被っている。小さな怪我から頭を保護するには、これで十分だ。

大きな傷や命に関わる怪我はまた別の話だ。自分がもう少しで重大な事故に遭うところだったと考えるだけで気分が悪くなる。コントロールを失ってうっかりのこぎりの歯に触れそうになった時など、直後に座り込んで大きく息をつくことがある。手が震え、動悸が激しくなる。そういう時には、一旦落ち着いてどうしてそんなことになったのか、順を追って考えることにしている。

疲れていたのだろうか？　他のことで頭がいっぱいだったのだろうか？　それとも作業場が散らかっていたのだろうか？　時には作業現場から離れて、コーヒーを飲んで少し読書をすることもある。そんな時には仕事と関係ないことをする方がいい。

私の手は、建材に直接触れる道具である。床を解体する時には手袋を使うが、普通の大工作業をする時は素手でやりたい。しかしそのせいで、小さな切り傷や擦り傷がたくさんできる。幸い作業用手袋も改良が進んで、昔のタイプよりは随分作業しやすくなっている。業界の若手大工は、手袋で作業することに慣れているそうだ。

爪は先が折れたり木のトゲが中に入ったりするのを防ぐため、常に短く切っている。その場では抜けないトゲが入った時には、痛みがちょっと治まるのを待って手をグリーンソープ［油と水酸化カリウムからできた自然な石鹸］で消毒し、トゲを針とピンセットで抜き取る。それでも何年か前、中指にトゲが入り、そのまま皮膚の中に埋まっている。今のところ特に害はないし、いつか自然に出てくるだろう。

丸のこを使って床を解体すると、床板を廃棄物用コンテナに入るように適当な長さに切る。そして板を揃えて邪魔にならない場所に保管しておく。

古い集合住宅には、床用根太の間に下張り床が張られている。その上には粘土が敷かれ、断熱材の役目を果たしている。私は階段用の開口部や、配管やダクトの設置予定の場所から粘土を取り除いた。残りの粘土は今でも断熱材の役目を果たしているので、この建物が立っている限り、そのままにしておこう。このような作業をした後にシャワーを浴びると、黒や灰色のねばねばした鼻水が出る。シャワーの熱や湯気が鼻の中に溜まった埃をほぐすと、大きな塊が飛び出す。防塵マスクはそれなりに役には立つが、完全に遮断してくれるわけではないのだ。

この建物に粘土が運びこまれた当時はまだ階段ができていなかったため、大工たちはその場で梯子を作って各階の間に掛けた。私もこれまで大量の粘土を運んだことがあるが、それでも130年前の職人たちの苦労は想像もつかない。当時オスロは建築ブームで、毎年次々と建物が造られ、その度に大量の粘土が運び込まれたのだ。

昼食はペータセン家のアパートメントで食べるが、これから数週間それが続く。他人のキッチンで食べるのは、最初のうちはなかなか慣れない。特に今回のように埃まみれになる作業の後は居心地が悪いが、食事をする場所は必要だし、契約書に含まれている条件の一つでもある。作業が進むにつれて埃は減るし、ペータセン一家も自分たちのキッチンを職人が使うことに慣れていくだろうから、もう少し経てば私も落ち着いて食事ができるようになるだろう。バスルームに置く自分用のタオルを持ってきた。自分のタオルを使っていると、不法侵入者になったような気持ちが幾分薄らぐ。

今日は作業開始日の前日だ。明日、建材が届く。クレーン車やコンテナのスペースを確保するため、路上に昨日から防護柵を出し始めている。私の防護柵は解体時の廃材でできていて、赤と黄色のビニールテープが巻いてある。車の通りが少なくなるにつれ防護柵を移動して、スペースを拡大していく。二つのコンテナとクレーン車一台でかなりの場所を取るのだ。あまり使っていそうもない車が駐車してあったので、一週間前にその車の窓にメモを残しておいた。すると昨日、車は移動されていた。時には車を移動してもらうために所有者に電話をすることもあるが、今回はその必要はなかった。

建材を搬入するために、天窓用の開口部にする箇所に穴を開ける。建材をすべて運び込むまでは、その大きさのまま保持する。いつも、この作業をした後には日差しが差し込むよう、透明のプラスチックでカバーをすることにしている。

確実に密閉でき、必要に応じて簡単に開閉できるような穴を開けるには、ある程度の経験が必要だ。風雨のひどい夜に、街の反対側にある作業中の建物の覆いを心配して寝付けないなんてことは、悪夢としかいいようがない。施主が金曜日の夜10時に電話してきて、屋根裏の下のアパートメントに雨漏りがすると言ってくるなど、考えるだけでもぞっとする。だから私は入念にカバーをすることにしている。

建材を搬入する時、一時的に建材を置けるよう、穴の下端を補強した。穴の真下にくる部分の床には丈夫な台を設置し、そこに建材を降ろして安定させてから、屋根裏の奥へと移動させる。

木材の細長い包み、石膏ボードの重たい箱、色々なものがこの穴を通り、そこから作業が行われるそれぞれの場所に運ばれる。そのプランを立てたのは私だが、仲間たちがそれを評価してくれるかは明日分かる。

18

一月下旬になった。ヨン・ペータセン氏が初めて連絡をくれてから、約3ヶ月が過ぎた。昨日、最終的な改築の実施許可が下りた。もしこのタイミングで許可が下りなかったら、建材の搬入を延期するしかなかった。準備が万全でない限り、これだけの量の建材を一気に購入するわけにはいかない。

搬入作業には労働力が必要だ。ダン、オーレ、ボドは予定どおり朝8時に集合した。ダンは経験豊富で、どんな場所でもどんな事にも対応できる。搬入物が重い、屋根裏への搬入口が狭い、などの問題が同時に発生するような時、彼の落ち着きは大変貴重だ。

オーレとボドは解体工事会社からよく仕事を請け負っており、この手の仕事はお手のものだ。ガムレビュエン［オスロの最も古い地区、いわゆる下町］出身ということもあり少々見た目は荒っぽいが、二日酔いでさえなければ一番精力的に働いてくれる。二人とも気のいい男で、陽気で仕事熱心だ。ボドは片手の指の関節には「ナン」、もう一方の手の指の関節には「センス」という言葉のタトゥーを入れており、このフレーズは彼自身をよく表している。今朝は二人とも調子が良さそうだ。皆には体調を万全に整えてきてほしい、とはっきりと伝えてある。それはとても重要なことで、そうでないと、この作業に携わるのは危険だ。

年齢を追うごとに、私は事故の起こりうる状況に敏感になってきている。自分が老いて心配性になったのか、あるいはこの業界での経験が長くなるにつれ、危険を容易に察知できるようになったのか。そのどちらもあり得るだろう。

たとえば私が一人でのこぎりを使って作業をする時と、現場で数人が搬入作業を行う時とではリスクが違う。一人で作業をしている場合は、何かあっても巻き込まれるのは自分だけだ。だが複数の人間が関わると予期せぬことが起こりやすく、さらに高所で重いものを持ったりすれば、重大事故にも結び付きかねない。

何年か前、ソンドレ・オーセン［オスロ市内の一地域］で屋根裏に建材を運び込む作業中に、屋根から13メートル下の歩道に転落しそうになったことがある。トタン張りの屋根は傾斜が10％しかなく、かなり平らだったのだが、冬だったために、霜で覆われたトタンは氷のように滑りやすくなっていた。

柵のついた簡易デッキを使っていたので安全なはずだった。だが手配したクレーン車の運転手がぼんやりしていたのか、単に傲慢な男だったのか、私がしていることに十分な注意を払っていなかった。私が屋根に留めてあるデッキの上に立ち、貨物網に入った断熱材を受け取っていた時だ。網がデッキに引っ掛かったが、運転手はそれに気付かず、簡易デッキ全体が引き上げられ始めた。私は恐怖に襲われ、空中にジャンプして網にしがみつこうとした。転落するよりはましだと考えたのだ。土壇場で運転手が状況に気が付き、引き上げを中止した。

運転手は網をゆっくりと降ろし、私は恐怖で身震いしながら屋根裏の中へと入った。震えが収まって自分の足で立てるようになった後、コーヒーを一杯淹れ、それから路上に下りて運転手と話をした。

その日、この事件の後はずっと、運転手もきちんと気を張り詰めて仕事をしてくれた。後で再び屋根に上って残りの建材を運び入れたが、追加の安全措置として安全ベルトを身に着け、ベルトの反対側を煙突に結び付けた。最初からこうすればよかったのだ。柵があれば十分に安全だと思っていたが、大間違いだった。この時のことを思い出すと、今でも冷や汗をかく。

このような体験をしてからは、危険な作業をする時には自分で安全について決断するようになった。自分の直感を信じ、危ないと思えばためらわずに断るようになった。

もし労働監査局が見ていたら、危険な状態で作業をしてはならないというだろう。ご説ごもっともだが、こうした作業は本質的に危険であり、特に高所で重い物を扱う作業をすれば、リスクも高くなるに決まっている。危険とは相対的な概念だ。事故は起こるものだが、私たちはできるだけ事故を避ける、または減少させる努力をするしかない。親方曰く、事故は決して予期できるものではない。たとえ注意を払っていても事故は発生する。だが細心の注意を払うべきである。

自分がリーダーである現場で事故を起こすわけにはいかない。それがどんな仕事でも一番大事なことであり、いつも頭の隅にある。建設現場に経験の浅い職人を迎える時、私は常に四方八方に目を配るようにしている。それが単なる下見の場合であってもだ。人によっては私がガミガミ言い過ぎると感じ、苛立たしく思うかもしれない。だが相手が自分の行動をちゃんと理解しているのかどうか、その判断は難しい。単に何が危険なのか分かっていないが故に、自分は状況の把握ができていると勝手に思い込んでしまう者も多いからだ。

今日のルールNo．1は誰も屋根から転落しないことだ。そして身体をどこかに挟んだり、危険な目に遭ったりしないこともルールNo．1である。作業の開始前に歩道でコーヒーを片手に打ち合わせをした時に、全員にそれを伝えた。互いにそれを守ることが何より大事なのだ。

廃棄物用のコンテナが到着した。タウラン社の運転手のスヴェンは約束どおり8時半に建材を持ってきた。二人で注文書と納品書を確認する。

ほぼすべてが揃っていたが、天窓だけが入っていなかった。天窓の窓ガラスは5枚なので、設置に必要な付属品を含めると、階段を15～20往復しなければならない。また窓は重いので、一枚を運ぶのに二人がかりになる。だから他の建材と一緒に持ってくるのが当然だと思ったが、まあしょうがない。何とかなるし、大きな問題ではない。足と階段を使うとしよう。

搬入時には無線機を使うことにしている。スヴェンと私は、互いに用いるメッセージの意味を確認しあった。彼は路上に立って建物を見るが、私は屋根裏から見下ろすことになる。だから「右」や「左」といった言葉を使うと混乱が起こるかもしれない。「上」と

「下」はどちらから見ても同じだから大丈夫だ。また時間はたっぷりあるので、焦る必要のないことも確認した。何か分からない点があれば、作業を中断して相談する。

屋根の搬入口から建材を入れる時は、空間に余裕がないので注意が必要だ。搬入中は荷物のすぐ下には立たないようにする。少しでも荷物が動いて何かに引っかかると危険だ。ゆっくり落ち着いて、隅々にまで目を配りつつ作業をすること。これが基本である。

クレーンによる搬入の時に私が指揮を取ることはほとんどない。私よりもスヴェンの方が腕がいいし、彼の忍耐強さには大いに助かっている。

私たちは本格的に作業に取り掛かった。建材の運び込みと廃棄物の運び下ろしを繰り返し、クレーンが空手で上下することがないよう注意する。

コンテナは昼過ぎに撤去する予定だ。廃棄物を入れたまま長く置いておくと、近所の人々まで粗大ごみを入れに来る。コンテナを見ると、人は急に自分の身の回りを片付けようという気になるらしい。だが廃材のコンテナにテレビやプラスチックゴミが混じると、きちんと分別されていなかったと判断されて処分手数料が倍になる。

廃材のみを入れたコンテナ一基、粘土と石用のコンテナ一基。粘土が入っている麻袋はすべてナイフで切って、中身をコンテナに入れる。プラスチックは別にする。解体作業がはじまった瞬間から分別を実施すれば、分別に時間を取られない。むしろ作業現場が整頓されるので、かえって時間の節約になる。

スヴェンは一人で搬入物の紐を結ぶので、助けはいらない。ボド、オーレとダンは交互に下に行って、運び下ろしたものを貨物網から出し、コンテナに入れる。その後彼らは屋根裏まで上ってきて、運び込まれた建材を各所に運ぶのを手伝う。また各種の道具、断熱材、接着剤などをスヴェンが路上で貨物網にまとめるのも手伝う。そして一日中、上ったり下りたりを繰り返す。

一番やっかいなのは、屋根裏の中で適切な位置にそれぞれの建材を置くことだ。床用の合板に防火壁用の石膏ボード。2×8材、2×9材、それに2×4材を束ねた重い木材。その他さまざまなサイズの木材。積層合板の桁は繋ぎ小梁の上に置く。重いが4人で力を合わせれば大丈夫だ。

床用の断熱材は、収納スペースのあたりの、繋ぎ小梁に渡した板の上に置く。道具や小物が入っている段ボールは収納スペースに。天窓やその設置に必要な付属品は……そうだ、まだ届いていないんだった。

この小さな屋根裏で建材をどのように配置するかは、作業の手順や各種木材の重量、そしてそれを置くのに必要な広さなどによって決める。

私たちは一日中建材を搬入し、その荷を解いている。昼は休憩してから作業を再開する。重労働が続くが、屋根裏に広がる建材の量を見ると気持ちがいい。

スヴェンが最後の建材を引き上げた。2×8材等の重い木材だ。私にとっては一番先に使う建材なので、取りやすい場所に置く。その後スヴェンはクレーンを解体して、トラックに収納した。他の三人が最後の建材の束を運んでいる間に、私はスヴェンと少し話をして礼を言う。そして彼は一週間の仕事を終えた。


誰かと作業をしていて相手のことが一番よく分かるのは、一緒に重荷を運ぶ瞬間だ。それも文字通り重い荷物を。それぞれ端を持って物を持ち上げ、相手の動きを感じるというのは、他に比べようのない特別な体験だ。運び方は上手かどうか、私に配慮しているのか、それとも自分のことしか考えていないのか。そういったことがすべて伝わってくる。足取りが乱れてきたら、それは相手が疲れているということだ。また、疲れは沈黙によっても表れる。機会があれば、時折誰かと一緒に何かを運んでみるといい。

直接伝わってくる重さを感じられるという点で、肉体労働は正直だ。荷物を運んでいる

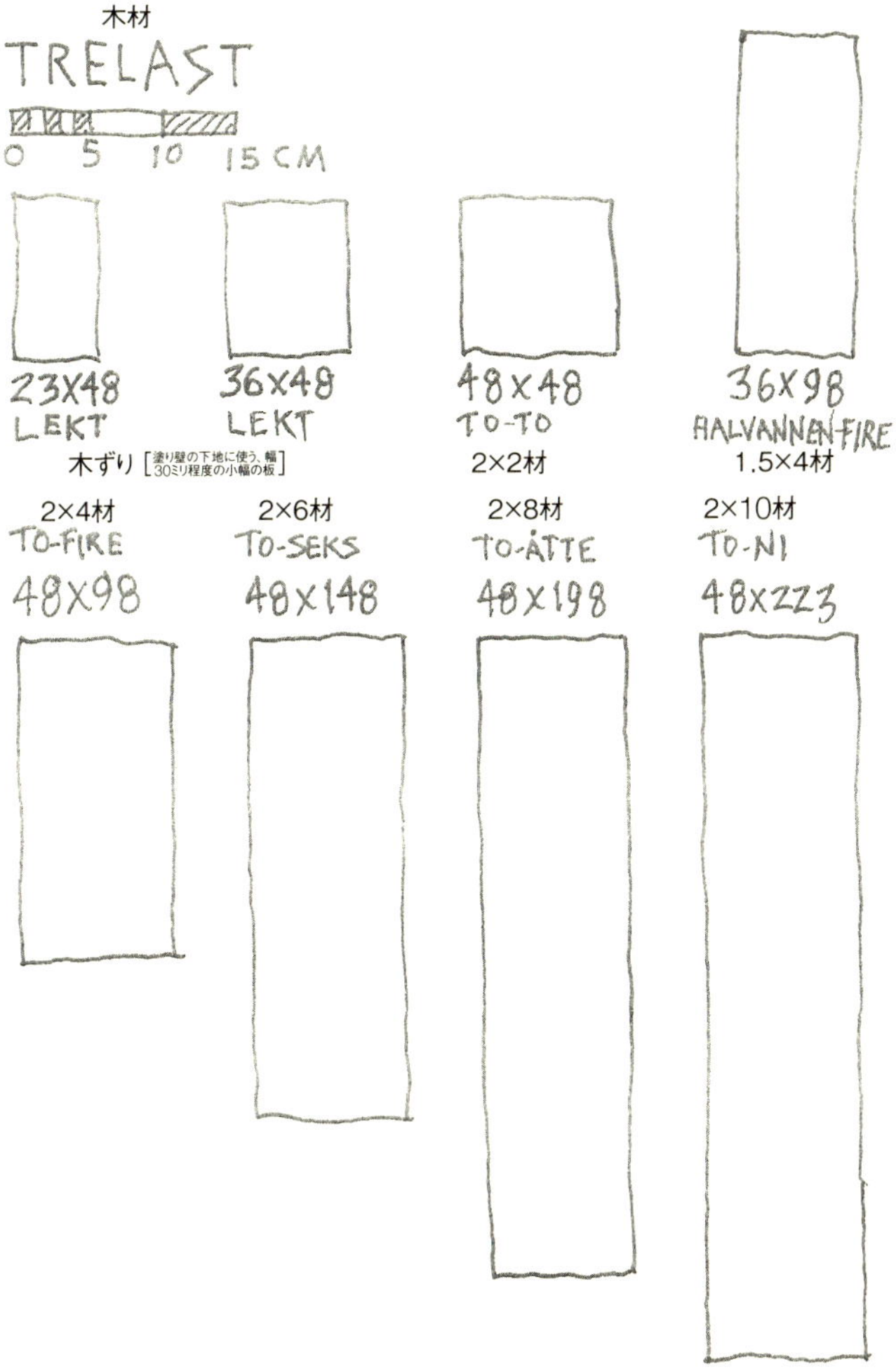
木材
TRELAST
0 5 10 15 CM
23X48
LEKT
36X48
LEKT
木ずり［塗り壁の下地に使う、幅30ミリ程度の小幅の板］
48X48
TO-TO
2×2材
36X98
HALVANNEN-FIRE
1.5×4材
2×4材
TO-FIRE
48X98
2×6材
TO-SEKS
48X148
2×8材
TO-ÅTTE
48X198
2×10材
TO-NI
48X223

間は、それ以外のことは何も考えなくていい。ひとつ覚えておかなければいけないのは、重さの感じ方は人によって違うということだ。二人で一つの物を運ぶ時は、二人のうちの力の弱い方が運べる以上に、重い物や多くの物を運ぶことはできない。二人が一組になって動くのだから。

何人かで非常に重い物を一緒に持つこともある。たとえば4人で梁を持ち上げる時だ。一人が手を放せば誰かが怪我をしかねないので、互いを信用していなければならない。作業中はずっと声を掛け合い、動きを調整する。つまり言葉を交わさざるを得ないのだ。会話が止まると事故が発生する可能性があるし、共同作業ではなくなってしまう。

了解、ちょっと待て、止まれ、少し上だ、休憩しよう、こんな感じである。

余裕があれば冗談も飛び出す。気の張る作業の最中でも、ちょっとした笑いは緊張をほぐすものだ。

私がこうやったら、そっちはこうしてくれ。最初にそっちを持ち上げて、ちょっと傾けて、あっちに降ろせば通る。よし、ここだ。いいぞ！

今日は良い一日だった。荷物を解き、すべての建材を適切な場所へ配置できるよう、整理に頭を使った。皆も頑張った。今は最後の片付けをして、屋根に空いた穴を塞いでいる。事前に準備していたのでそれほど時間はかからない。行った作業やクレーン車のレンタル代や建材の購入をすべて合計すると、本日の経費は14万クローネだ。建材の搬入は、屋根裏にとっての輸血のようなものだ。屋根裏はここから生まれ変わる。

電気を消してドアを閉め、作業着のまま皆でパブに繰り出す。

19

ヨハンとスノアがテディスバーのカウンターに座っていた。隣に空いている席が二つある。誰がそこに座るか少し揉めたが、最終的にはオーレと私が座った。ダンはその辺にある椅子を一脚取って座り、ボドはそのまま立っていた。バーにはそこそこ人が入っている。徐々に客が増えていくので、このくらいの時間帯が私たちにはぴったりだ。楽しい時間を過ごすには、人が多すぎない方がいい。

ヨハンとスノアも他の三人を既に知っているし、皆気さくな人間なので、すぐに打ち解けた。私たちはビールを飲んでリラックスし、順番にカウンターに座る。バーのスタッフの交代の時間になり、夜のシフトのエングレとコーレがカウンターに入った。

私たちは音楽の話をした。ヨハンとスノアは今夜、ガムラ［オスロにあるライブハウス］で開催されるハーラン・シティ・ジャンボリーとビート・トーネイドスのライブに行くそうだ。

ビート・トーネイドスは良いサーフバンドだ。皆も同意する。ダンと私も一緒に行きたかったが、まだ作業着のままなので、飲んだら家に帰ることにしよう。ハーラン・シティ・ジャンボリーはクソだと私が言うと、一気にその場が盛り上がって、皆が口々に自分の意見を言う。ダンが私とオーレを言い負かそうとしているところで、誰かが私の肩を小突いた。

外でタバコを一服してから戻ってきた私は、一番端に座っていた。私を小突いたのは、二か月前にスノアの作業着のことで話しかけてきた、例の会社員だった。私たちの顔を覚えているらしく、「あんたも職人か？」と聞いてくる。この作業着を見れば、一目で分かると思うのだが。

彼はこの前と同様に、仕事の後の一杯をひっかけに来ていた。こちらに寄ってきたのは、おそらく偶然ではないだろう。彼は建築業界で働く外国人について、そして彼らの仕事ぶりがいかにひどいかについて話し出した。皮肉なことに、隣に座っているスノアはデンマーク人だ。だがそれを指摘するのはあまりにも露骨なのでやめておく。

最近、ある職人が彼の家を改築したのだという。約束通りに来ない、家を散らかすなど、その職人は面倒ばかり起こしたと会社員は話した。前にもこのパブで同じような話を聞いたことがある。

「まあ、まあ」

私は話を遮った。

「俺は今仕事が終わったところだし、お客様相談窓口でもないんだよ」

「だけどさ」

と会社員は続けた。諦める気はないらしい。彼はその職人がどれだけ無能だったか、いくつも例を挙げて延々と話した。

「その職人はどこの会社の人間だったんだ？　どうやって発注したんだい？」

会社員が依頼したのはノルウェーの会社だった。少なくともノルウェー語の名前ではあったが、実際に作業をしに来たのはポーランド出身の二人組だったという。

「どこでその会社を探したんだ？」

私はさらに聞いた。

彼は『私の見積もり』という建築見積もりの比較サイトを使い、また知人からも紹介を受けた。結局合計8社から見積もりをもらって、二番目に安い会社に依頼したのだという。

「一つの案件に対して8社から見積もりを取るなんて、多すぎると思わないか？」

私は聞いた。

「いや、見積もりを出すのは向こうの勝手だろ」

その通りだ。誰も強制されてやっているわけではない。

「聞いてもいいかな。見積もりの金額はどのぐらいだった？」

「３万２５００クローネ［日本円にして約42万円］、税金込みで」

「発注する前にどういう実績があるか調べたか？」

彼が選んだ会社は知り合いが紹介したものだったし、施工事例ももらったのだが、それ以上の確認はしなかったそうだ。それほど大きな仕事ではなかったからだという。

「どれぐらいの仕事量だった？　作業時間や日数は？」

「一週間くらいかな」

「正確な作業時間は知らないんだな。でも、職人二人で一週間ぐらいだったら、１００時間程度にはなるよな？」

「うん、そのくらいだと思う」

疲れていたので、冗談を言う気分には程遠かった。そこで頭を冷やすため、一旦トイレに立った。トイレで会社員の言っていたことをもとに簡単な暗算をする。席に戻ると彼はまだカウンターに座っていて、今度はスノアと、建設業界で働いている外国人について話している。

「いいかい、あんたの話はとても興味深い。俺がどう思ってるか言おうか」

私は会社員に向かって言った。

「聞きたいなら、率直な意見を言うが。それでもいいか」

「もちろん。率直な意見は大歓迎だ」

彼は尻尾を巻いて逃げだすことができなくなった。始めたのは彼の方だし、本人が聞きたいというのだから聞かせてやろう。先ほどの計算はまだ完成していないが、一部はできているし、暗算はけっこう得意だ。ペンと紙も持っていたので、カウンターに置いた。

「まず、あんたは税抜き、つまり正味2万６０００クローネ［日本円にして約34万円］の入札のために8社の担当者を家に呼んで、見積もりを作らせた。その金額の中で建材を購入しなければならない。その費用を引くと、2万１０００クローネ残る計算になる。その金額、2万１０００クローネは約１００時間の現場作業の給料や、下見や入札案の作成にかかる6時間に対して充てられる」

「入札に参加させたのは8社だから、落札する確率は8分の1だよな。だから単純に考えて、一つ落札するためには8件の入札に参加しなければならない。すると1回落札するために残り7回の分の経費がかかる。その分の時間もカバーしないといけないから、６時間×8回で48時間分ということになる。話についてこれるかい？」

　会社員が頷いた。私は話を続けた。

「つまり、作業は１００時間、下見などの付帯する業務は48時間だ」

「経営者はそうした関連する業務、仕事のフォローや雑務などの経費も差し引きたいと思うだろう。もし彼が無欲な人間だと仮定して、働いた55時間と、道具や車などの費用を賄うために少し余分に取るとして、1万４０００クローネ受け取ったということにしよう」

　これが大した金額だと思うのかと会社員に聞いた。彼はそうは思わなかったようだ。

「そう、あんたの家に塗装をしたあの無能な連中には、７０００クローネ［日本円にして約9万１０００円］しか残らなかったわけだ。そうすると、彼らの時給は休暇用の先払い［ノルウェーでは従業員が長期休暇を取る前に、その間の給与を通常の給与に上乗せして支払う］を含めて70クローネ［日本円にして約９００円］になる」

　私は間を置かず、淡々と話し続けた。紙の上で簡単な計算をする時だけ、話を止める。まるで前もって準備していたように見えるかもしれないが、かまうものか。

「時給70クローネってのは、たぶんポーランドでは高給だ。そうだろ？」

　と会社員に聞くが、返事は待たない。

「でもノルウェーでは安いよな、安いっていう表現がぴったりだよな?」

彼は黙っているが、明らかに不快そうだった。

「何だよ、俺はちょっと自分の経験を話しただけじゃないか。別に腹を立てることはないだろう」

会社員が言う。

「ああ、そうだな」

私は怒っていたわけではない。面倒なやつと思われたかもしれないが、それは聞く人によるだろうし、私の話はまだ終わっていない。

「あんたはよくいる、同じ話ばかり繰り返すケチな連中の一人だ。立場の弱い相手からぼったくって浮かせた金で、俺の行きつけのこのバーにやってきて、ポーランド職人がどれだけ無能かを延々話し続けるってわけだ」

「じゃああんたの方は、自分はそういう職人とは違うってことを遠回しに言いたいわけか。それで俺が感心するとでも?」

「いいか、払った分のものしか手に入らないってのは当たり前だよな。あんたが経験したことは自業自得ってことさ。俺にむかつくのも勝手だが、俺たちが先に来て座ってるところに、あんたが話しかけてきたんだからな。俺のせいじゃない」

会話は済んだ。始めた時よりも、もっと互いの距離は隔たっている。向こうはそれに驚いているだろうが、私の方はそうでもない。

彼はどこにでもいる普通の人間だ。職人や掃除人、車の洗車係をこんな風に扱うことが当たり前になっている。バーにやってきた会社員と同様、施主も普通の人々だ。私にとって施主が誰なのかは重要ではない。私が気にかけるのは、むしろ仕事を請け負う人々の方だ。場合によっては、会社員の仕事を引き受けたのは私だったかもしれない。

ダンは家に帰り、ヨハンとスノアはガムラに行く。私はオーレとボドともう一杯ビールを飲んでから、グロンランスライレト通りを通って家に向かった。

この土日は、帳簿を少しつけてゆっくり過ごすことにした。ビョアヴィカからヴィペタンゲン［いずれもオスロ郊外のフィヨルド周辺の地域］まで、フィヨルドに沿って散歩した。

20

月曜日の朝、ペータセン一家のドアをノックして、アパートメントに入る。一家は仕事や保育園に行く前の、いわゆる朝の騒動の真っ最中だ。週の始まりに施主に挨拶をするのは良い習慣だと思う。そうすると施主は、私が休み明けに仕事を再開するのを自分の目で確認できる。カーリ夫人とペータセン氏は搬入した建材を見に行き、その分量に驚いたそうだ。私が屋根裏にできるだけ多くの空きスペースができるように努力したことを評価してくれた。息子のイェンスとフレデリックは興味津々で私を見上げているが、何も言わなかった。一家は靴を履き、防寒着を着た。そして彼らは出かけ、私は屋根裏へと上った。

屋根裏に日差しがほしい。窓が必要だ。窓が入っていれば、作業は楽になり、気分良く働けるだろう。ノルウェーの冬は本当に暗いので、陽の光は貴重なのだ。最初に窓を入れる場所を測り、印を付ける。窓は下の階の窓の真上に造らなければならない。その点は都市計画建築局が厳しい。１９９０年代の後半までに改築されたアパートメントの多くは、窓、ドーマー［主に採光、換気を目的とした屋根からつきだした窓。三角屋根や片流れ屋根が付いている］やルーフテラスの外観には特に規制もなく、屋根裏の垂木の位置に合わせて適当な箇所に造られていた。都市計画建築局はそれを防ぐため、窓を建物に合わせるのではなく図面通りに造るよう、厳格にチェックするようになった。多くの建物でも既に設置済みの窓を移動し、場合によってはドーマーまで解体して、適切な場所に造り直している。

今回は運が良かった。窓の邪魔をしていて移動が必要なものは、垂木一本のみだった。どちらにしても屋根構造全体を改築するので、さほど余計な作業が増えるわけではない。

まずは窓の場所を作るために、屋根の垂木を支える母屋を少しずつ切り取っていった。新しい窓を入れる場所の端の方は、新しい垂木で補強する。屋根が密閉性を保てるよう、野《の》地《じ》板《いた》［木造住宅などで、屋根面を構成するために垂木の上に張る板材のこと。野地板を張った後、その上に瓦やスレートなどの屋根材を設置する］はそのままにしておく。

タウラン店から窓が届き、火曜日の夜にダンが窓を運び上げるのを手伝ってくれることになった。彼もまだ自分の仕事が残っているのだが、必要な時には手を貸してくれる。野地板の一部を切り取る作業や、窓の設置は次の日に一緒に行う。天窓を設置する時には窓ガラスをフレームから外し、そのフレームのみを嵌めこむ。窓が重いので、フレームを一人で持ち上げるのは楽ではない。できるだけ二人でやった方がいい。

水曜日の朝、小物をいくつか買うために、私は車でモーテク工具店に向かった。現場に届けてもらってもいいのだが、購入を検討している充電式ドリルのセールをやっているのと、使えそうな内装ビスを確認したかったのだ。結局、今手元にあるドリルにもう少し頑張ってもらうことにして、新しいドリルの購入は控えることにした。

私は常にラジオをかけている。車でも作業現場でもかけている。ラジオがないと何だか仕事をしていても物足りない。私の現場、つまり私がリーダーの現場では、民放ラジオはほぼ完全に禁止している。どんなラジオパーソナリティーであろうと、あの興奮気味の喋りは聴くに堪えない。彼らの語り口調は、あらゆるものに大げさな形容詞を並べたてているようだ。このルールのせいで、他の職人と多少揉めることもある。時には私が折れることもあるが、P4［ノルウェーの民放ラジオチャンネルの一つ］が一日中流れるような日は、正直うんざりするものだ。

私が好きなのは、P1［ノルウェー国営放送のラジオチャンネル］のような公共チャンネルだ。P1の朝の番組は交通情報、ニュース、それに天気予報が中心だ。今日は雪が降り、風がやや強く、かなり寒い。私たちは地上15メートルの屋根裏で窓をはめ込む穴の前に立ち、窓のフレームを設置しながらその寒さを骨の髄まで感じるに違いない。風や雪、その他の気象は、私たちに容赦なくぶつかってくるだろう。
P1によると、天気のせいで人々の通勤や通学に遅れが出て、あちらこちらで衝突事故が発生している。またオスロ郊外の町クロフタの南側を走るE6［ノルウェー北部からスウェーデン南部までの高速道路］で事故が発生したため、車線が一つ閉鎖されているという。安全運転を促す道路交通情報の後、再び天気予報が始まる。

天気予報のあの爽やかな口調というのは、不思議なものだ。交通機関の遅れや道路の渋滞情報を除き、天気予報は基本的に人々の余暇の活動と結びついている。朝5時45分に放送される海上の天気予報や、洪水や厳しい旱魃《かんばつ》の情報を除き、仕事に関する天気の情報はほとんど出てこない。仕事に対する天候の影響の大きかった昔の天気予報と比較すると、今は本当にわずかだ。戸外に出るか出ないかといった選択のできない漁師、農場の人々、それに大工は、天気予報の受け取り手としてカウントされていないのだ。ノルウェーでは気象とはアウトドアのレクリエーションに関わる現象にすぎず、積雪量、スキーのシュプール、あるいは日照や海水温のことを意味する。

朝の礼拝放送［ラジオで毎日放送される短いミサ］も、民放のラジオ番組とたいして変わらない。P4のようなやたらと明るいラジオパーソナリティーの声よりはよっぽどましだが、物静かで柔らかな声が時として興奮した口調になるのはいただけない。だから礼拝が始まったらチャンネルを変えることにしている。

主に聴くのはNRK［ノルウェーの公共テレビ・ラジオ局］で、さまざまな番組やチャンネルに目盛りを合わせるが、仕事に本当に集中すると内容は耳に入ってこないし、チャンネルを変えることも忘れてしまう。サーミ・ラジオ［ノルウェー公共ラジオ局に属するサーミ語の局］はいくら何でも勘弁してほしい、と仲間の職人たちは思っているに違いない。だが私は、時々聴くにはいいものだと思う。まったく理解できない言語がバックグラウンドミュージックとして流れるのも悪くない。純粋な音声と、意味のない言葉の羅列。

P2の科学番組「アベルの搭」は大のお気に入りだ。バールを使って解体作業をしながら、飲み物に振動を与えるとなぜビールの表面よりもコーヒーの表面の方が大きく液体が跳ねるのかといった議論を聴く。正確には思い出せないが、泡やビールの気泡に関係があった気がする。ラジオで自然科学の講義を聴きながら、物理を実践している。仕事をしながら学んでいるのだ。

午後にはいつも、P13で「ラーシェン夫人」を聴く。毎年のように良い番組を次々と生み出す、プレゼンターのカーリ・スラーツヴェン［ノルウェーの女性ジャーナリスト、1963生まれ］はすばらしい。彼女の番組は1990年代初めの「イアマ1000」の頃から聴いているが、時折作業の手を休めて聴き入ってしまうこともある。そうやって仕事が遅れた分を、いつかカーリ・スラーツヴェンに想定外の利益損失として請求してもよいかもしれない。

窓の取り付けは早く進み、夜になっても作業を続けたので、4枚設置できた。窓周りの付属部品を完成させ、この後2~3日の間に屋根瓦を整える。窓辺に立てた梯子から作業をするのだが、端を屋内に結び付けた安全ベルトをきちんと締めておく。戸外は寒く、乾燥しているので、雨漏りの心配はいらない。

これで次の週からは、窓を通して冬の日差しが屋根裏に差し込むだろう。春の陽気はまだ先だが、朝8時か9時頃に日の出を見ると、春が近づいてくるのが感じられる。

21

月曜日。また新しい一週間が始まる。皆さん、おはようございます。私はペータセン一家に挨拶をする。

バスルームの天井をどうするか、彼らは少々迷っていた。そこで私は参考用に、ポプラ材製で目違い継ぎの厚板［壁や天井に張るための板のこと。パネル式に連続して張ることができる］の小片を持ってきた。最後の建材の搬入までに、最終的な決断を下してもらえればいい。

今週は、脚立や足場を上り下りして重い建材を扱う。楽しい作業だが、肉体的にはきつい。

通常の木材は長さが5・3メートル以下だが、垂木の長さはほぼ6メートルだ。接合しないで済むように、特別な長さの2×9材を注文しておいた。一本約30キロもの重さがある垂木は正確に設置するのが難しいため、一人で作業ができるように「第三の手」という道具を造った。これは何かを設置する時に支えとなる、木でできた軽い台のようなものだ。

名前も気に入っている。「第三の手」を造るのは、自分の友人を作るようなものであり、これがあれば長い垂木を苦労することなく設置できる。

3本の2×9材を収められるよう、まずレーザー距離計で長さを測ってから、一本目の垂木を切って片側の屋根に持ち上げ、所定の位置に設置する。次に逆側の屋根にも同様に垂木を置き、頂点で交差するようボルトで固定する。こうして接合されたものがトラス［三角形を基本形とする構造体］を形成する。設置した状態を確認し、ずれた部分を計測する。次に建材の束の中にある2×9材に、既に設置した二本と同じ長さになるように印を付け、先ほど見つかったずれも調整する。そうすると、次の垂木はもっと正確に設置できる。接合部分がしっかり固定していることは、トラスの強化や安定につながる。

このような段取りにすれば、手早くできるし簡単である。重い建材を持ち上げて、調整するためにまた降ろすということをしないで済むし、床に立ったまま安全に建材を測り、切ることができる。2×9材の重量は、一本一本違う。ある一本が別の一本の倍の重量ということもあるのだ。作業が難航する可能性を見込んで、最初の垂木の組には軽い材木を使った。

接合する2×9材にはすべて接着剤を塗り、釘打ちをする。片方の表面に多めの接着剤をつけ、両方の部材をぐっと強くネジ留めしてから、ネイルガンの90ミリの釘で留める。2×9材で補強される既存の垂木にも同じことをする。この作業をくり返すと、設計士が行った計算に従った頑丈な屋根ができる。

ノルウェーの屋根メーカーは〝トラス〟という名称を、アピールしやすい、響きの良いものとして、実際に彼らが製造する何か別のものについても用いている。本来トラスとは特定の建築パーツであり、垂木を支えるフレームなのだ。だが、言葉は常に意味が変化するものだ。この表現は誰もが使っているので、自然に専門用語として浸透してきている。

今週の木曜日は、いつもよりのんびりできる。だからこの日はデスクワークにあてることにした。事務仕事は溜め込みたくないのだが、つい後回しにしがちだ。会社の経営にとって必要不可欠なのは分かっているが、時々、物事を前に進めるには何の役にも立たないように感じることもある。事務処理をやり直すくらいなら、床に散らばった一袋の豆を拾い集める方がましだ。

ただ事務仕事のパズルで腰を痛めることはないので、ある意味骨休めのようなものでもある。腰が特に痛かったり、身体を休ませる必要がある時には、一種の休息としてデスクワークを進めることにしている。土曜日をつぶし、必要に迫られてやるよりましだ。

金曜日の朝に再び屋根裏に行くと、大工仕事に戻りたくてたまらなくなっていた。今日は垂木や支持構造物の確認をしよう。私は煉瓦壁に2×9材を掛け、垂木の端にボルトで留めた。2×9材と連結し、その2×9材に支えられている垂木の両側に接続金具を付ける。そうすれば垂木の先端は外れない。

気がつけば時刻はもう夜8時で、私は疲れていた。今週は切妻屋根［屋根の形状の一つでふたつの傾斜面が山形に合わさった形をしている］を仕上げることが目標で、それが達成できた。もう屋根を支えるための、母屋桁を取り付ける段階に来ている。

私は、束になっている建材に腰かけて自分が終えた作業を眺め、満足感を味わった。こうした小さな目標を達成することは、日々の生活の中のささやかな喜びだ。切妻屋根の仕上げは完了したが、それは次の作業の始まりでもある。仕事の成果を見るのは良い気分だが、それと同時に、もっと違うやり方があったのではないかと吟味する。それは自分自身との小さな打ち合わせのようなものだ。ひと息つきながら、これからの作業、特に母屋桁をどうやって所定の場所に収めるかを考える。

さあ、もう家に帰ってぐっすり眠る時間だ。

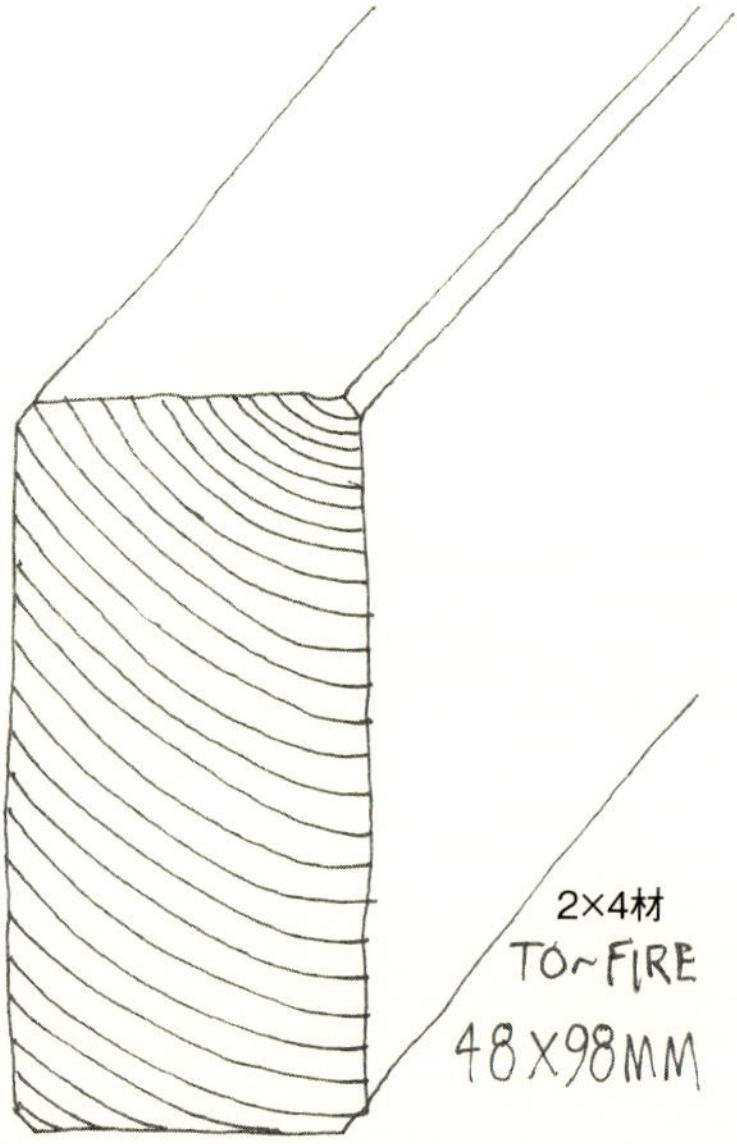
2×4材
TO-FIRE
48X98MM

22

平凡で穏やかな週末だった。月曜日の朝、再びペータセン一家と口々に挨拶を交わす。その後屋根裏に上がり、コーヒーを飲む。私はリラックスして、早く作業にとりかかりたいと思っているが、まずその前にカフェインだ。現場を見て、ゆっくりと考えを巡らせる。金曜日に終えたところから先を続けよう。

繋ぎ梁の上に、長さ6メートル、重さ180キログラムの集成材の母屋桁が置いてある。この母屋桁を、床上4メートルの位置で垂木の下に設置するのだ。週末の間、この母屋桁のことが頭から離れなかった。ずっと仕事のことを考えているのは疲れることもあるが、今週はこれから始まる作業や、水曜日にダンが来ることを考えてわくわくしていた。一人で働くのは時として退屈なので、仲間がいると作業がはかどるばかりでなく、楽しいものだ。

今の時点では、母屋桁は大きな、扱いにくい長さの集成材にすぎない。だがこれが屋根裏を支える大事な構造物の一部になる。いつか誰かがその母屋桁を取り除いてしまったら、屋根はそれ自体の重みや雪の荷重、そして吹きつける風の勢いに耐えられず、たわむか崩れてしまうだろう。

片屋根にある8本の垂木を支えることになる母屋桁は、棟からは1メートル離れ、垂木に対して垂直に位置する。集成材の母屋桁が安定して切妻屋根を支えられるようにするため、私は垂木に10センチの切り込みを入れた［木製の建材の一部に三角形の切り込みを入れ、受け側の木材に嵌めこむ］。その部分に母屋桁を嵌める。屋根は完全に平らではないので、各所で形の違う切り込みを入れる。

棟と平行して真っすぐ一列に切り込みが入れられるように、紐を使って計測をする。また各切り目が正確に揃うように、レーザー墨出し器を使用した。梯子や移動足場を何度も上がったり下がったりする。

この段取りを正しく組めるまでに、かなり遠回りしたものだ。今となってはかなり単純な作業だ。一つの工程が次の工程につながり、それを正しい順序でこなしていけばいいだけの話だ。

母屋桁を持ち上げる時は第三の手を利用して、さらにてこの原理も使う。

母屋桁の両側で2本の2×4材を縦にして、その間を2×8材が横切る。段の少ない梯子のような形になる。倒れないように、これを留め金具で繋ぎ梁に固定する。同じような梯子を二本作り、その二本の梯子を母屋桁の中央部から適切な距離で置く。

その二本の間の距離により、母屋桁の片方の重量が反対側の端の重量を相殺する。そのおかげで、てこの原理を使って楽に梁の端を持ち上げることができる。まず母屋桁の片端を持ち上げ、近い方の梯子に横木として付いている、2×8材にその端を留める。反対側の端も同じようにする。各梯子の間の距離が適切なので、母屋桁のバランスによって、持ち上げるのに力はいらない。その間、母屋桁は安定した状態を保つ。

この方法によって、身体に負担をかけずに安全に重い物を持ち上げることができる。また垂木の切り目を調整する必要があれば、母屋桁を仕掛けの横へ動かすこともできる。だが今日は一人で持ち上げることはしない。準備のできた現場にダンを迎え、明日から二人で作業をするのだ。

まだ宵の口だが、ペータセン一家は全員帰宅していた。私が帰る前に下に降りていって挨拶をした時は、ちょうど夕食を食べ終わったところだった。気がついたら私も腹ペコだ。

でもこれからインド料理を食べることになっているので、あとちょっとの辛抱だ。

一家の表情は明るかった。改築は本格的に始まっている。私は作業が予定通り進んでおり、ダンが翌日から参加してさらに作業のスピードが上がることを説明した。ペータセン一家にとっても、この改築は大きなイベントなのだろう。ペータセン氏は何とかケーブルについて、ゲット社と連絡が取れたという。通信ケーブルは既に準備ができている。担当者は今度の月曜日にやってくるそうだ。

「屋根裏が今どういう状態なのか、見に来ませんか？」私は聞いてみた。

「ええ、いいですね。」とペータセン氏。

「よかったら案内しましょうか。ちょうど帰る時間なので、今だったらいいですよ」

私が言うと、ペータセン氏とカーリ夫人はいそいそと靴を履いた。だが子供たちは動かない。

「息子さんたちは一緒に行かないんですか？」私が聞くと、

「屋根裏は埃っぽいし、危ないですから」

そうペータセン氏が答えた。子供たちは作業現場には上がってはいけないと、厳しく言われているのだろう。

「来ても構わないですよ。気を付けてさえくれれば。二人とも、お父さんとお母さんがいいって言ったら一緒に来るかい？」

私は言った。

ペータセン氏はカーリ夫人を見て、カーリ夫人は子供たちを見た。子供たちはまず私の方を見てから、母親と父親を見た。ある意味家族の取り決めに出しゃばったわけだが、私は罪のない笑みを浮かべてみせた。

「そうね、いいんじゃない？」

とカーリ夫人。

イェンスとフレデリックは椅子から飛び降り、「やった！」と叫びながらドアに向かって走る。

「靴を履かなきゃ駄目よ」

カーリ夫人も叫ぶ。

「上着も着て下さい。お母さんとお父さんもね。屋根裏は寒いですから」

中に入る前に、子供たちに屋根裏では決して走ってはいけない、それに私がいいという所までしか行ってはいけないよと言い聞かせた。それは大人二人にも守ってほしいが、言わないことにする。この建築現場は私の船であり、私はいわば船長だ。今の段階ではあまりにも散らかっているので、嵐の中の船だが。

私がドアを開けてメインのケーブルを繋ぐと、すべてのランプが一気に点いた。真っ暗闇が、一瞬で光の洪水へと変わる。子供たちにはとりわけ印象的だろう。ペータセン夫妻は窓の設置以来、ここへ上がってきていない。敬意を払って距離を置いてくれているのかもしれない。落ち着いて作業ができるのはありがたいので、それはさまざまな意味で助かる。

一家は窓や垂木、建材、そして母屋桁を運び上げるために私が作った台などを見て回った。床板はまだなく、木材の束や粘土があるだけだ。ぱっと見には、それは何かの残骸と構造体の混合だ。垂木の屋根構造が四方八方に影を落としている。古い建材は暗い色をしていて、新しい建材はほぼ真っ白だ。雰囲気は全体的に汚く、埃っぽい。だが私は埃が汚いものだとは思わない。埃は埃だ。私は全身埃を被って灰色になる時もあるし、別の何かで汚れることもあるが、それはまったく別の状態だ。

埃の匂いが漂い、空気は冷えている。この屋根裏が人の住むスペースになるなんて、想像し難いに違いない。

「ここはベッドルームだ。君たちの部屋になるんだろう?」

私は子供たちに聞いた。

「どのあたり?」

とイェンス。

私は指さしたが、三歳半の男の子にはそこが子供部屋になり、おもちゃやベッドが入ったところを想像するのは難しかったようだ。5歳半のフレデリックが説明してやる。

「あそこだよ。あっち」

彼は得意げに言った。

「僕たちのベッドはあそこの窓の下でしょう。そこで寝るんだ」

今まで天窓を見たことがなかった彼は、ベッドをその真下に置きたいのだという。外や空が見える所にベッドを置くのは、ある意味理にかなっている。カーリ夫人は彼が指している方を見て言った。

「あそこは屋根が斜めになって、高さがないからベッドが置けないわ。あの部屋のコーナーあたりに置いたらいいんじゃない?」

それは素敵なひと時だった。カーリ夫人とペータセン氏にも、子供たちが喜んでいて、屋根裏を自分の場所として考え始めていることが分かったに違いない。実物を自分の目で見ることは、大人から話を聞くのとはまったく別物なのだ。

イェンスとフレデリックは、台に掛けてある大きなマイター鋸やハンマー、他の道具の上においてある直角定規を見ていた。フレデリックが我慢できずに、すぐそばにあるハンマーに触れる。手に取ったわけではなく、壊れ物か危険物であるかのように、そっと触れただけだ。

「駄目だよ、触るんじゃない」

ペータセン氏がフレデリックを止めた。

「大丈夫ですよ。持ち上げてごらん」

私が言った。

「大工さんがそう言うなら。でもまず、触っていいか大工さんに聞いてごらん」

フレデリックが丁寧に私に尋ね、私は許可した。

大人が家事や手作業をしようとする時、子供が邪魔になることはよくある。そんな時大人は、もう片方の親にこんな風に頼むのだ。「今からこの棚を直すのに釘を打つから、あなたは子供たちを公園に連れていってくれない？」

家事や手作業は、本質的に子供にとって危ないものである。子供の好奇心やちょっかいは、仕事場を危険な犯罪現場に変えかねない。

「わあ、本当に重いね」

フレデリックがハンマーを手に持って言った。好奇心を抑えきれず、ハンマーが置いてあった2×9材をそっと叩いてみる。

彼らが見たがりそうなものも、私が見せたいものもたくさんあるので、別の日に大工仕事を教えてあげてもいいと子供たちに言った。そして屋根裏の奥を指して、バスルームがあそこにできると説明した。子供たちは行儀よく、大人たちといっしょに見に行った。

「バスタブはここだ。いいだろう？」

私は聞いた。

「お風呂に入るのは好きかい？」

フレデリックは、イェンスは目に石鹸が入るのを怖がるけど、自分は風呂が好きだと答えた。

「自分のバスタブがあれば、もう目に石鹸は入らないかもしれないな」

私はイェンスに言った。イェンスは何だか確信が持てないような顔で、うなずいた。

「あちら側の壁の方にトイレを置くんだ」

彼らはその様子を一生懸命思い浮かべようとしていた。子供たちからすれば、壁や天井、それに自分たちのものが入る子供部屋の方が想像はしやすいのだろう。バスルームには洗面台やら何やら、いろいろな調度品や器具も入るので、今のところは空想の段階でしかない。

バスルームについて大人は大人なりの、子供は子供なりの感想を言って、屋根裏の見学は終わった。

「もう遅いから、そろそろ私も帰らなければ。もしよかったら、作業が進んだ時にまた見においで」

私は主に子供たちに向けてそう言った。彼らもそうしたがっているようだった。

パンジャーブ・スイート・ハウス［オスロのインド料理レストラン］からインド料理のテイクアウトをして、静かな一晩を過ごす。明日からダンが本格的に作業に加わるのが楽しみだ。

23

ダンも私も、自分の飲むコーヒーを水筒に入れて持ってきている。よく施主のコーヒーメーカーを使ってもいいと言われるのだが、二人とも作業現場で水筒に入ったコーヒーを飲むのがキャンプのようで楽しいのである。キャンプファイアーはないし、埃っぽいのが玉にキズだが。

私たちはそれぞれのカップを持って、図面と屋根裏を見比べた。これから母屋桁を設置するが、これはご褒美のような作業なので、二人とも楽しみにしている。今日はゆったり構えて作業に取り組もう。

最近は二人とも、身体に負担のかかる作業が多い。重い物を持ち上げることが続き、屋根裏の寒さも身にこたえる。朝目覚めると身体がうずき、どこかが特に痛いわけではないが、節々が凝る。身体が温まるとやっと楽になる。

私は母屋桁の片方の端を持ち上げ、ダンは2×8材を持って準備し、二人で作業に取り掛かる。てこの原理だ。力×支点―力点間の距離。自動車のトランスミッション、滑車装置、ギア、歯車、バール、すべてがこの物理原則によって機能している。私の一番のお気に入りの原則だ。ストーンヘンジを築いた人々が何を食べていたのか、どんな言葉を話していたのかは分からないが、彼らもこの原理を気に入っていたに違いない。

母屋桁の長さは6・5メートルだ。この桁には支柱が二つあり、それらの間の距離は2メートルだから、私たちは約30キロの重さを持ち上げなくてはならない。だが身体の凝った人間でも、てこの原理を使えば持ち上げられる。必要とあらば、車のような重さの桁でも簡単に持ち上げられるだろう。

母屋桁をほぼ所定の位置に嵌めると、バールを使って最後にもう一度持ち上げる。きちんと嵌まるのは分かっているし、自分の測定や切り目にも自信はあるが、それでもドキドキする。母屋桁と支柱の間にブロックを置き、垂木の切り目に差し込んだ。

「よし。ツイていたな！」

ダンが言った。

親方も重要な作業がうまくいった時には、よく同じ表現を使っていたものだ。一本一本の垂木の切り目に内装ビスで母屋桁を密着させれば、設置は完了だ。

階段空間の隅に、10×10センチの木柱をあてがった。ちょうど母屋桁の端の下にあたるので、そうすると母屋桁が安定する。母屋桁の反対側の端は、私たちが煉瓦壁の中に造ったくぼみに入っている。そしてさらに母屋桁の下に鋼板を差し入れて適切な高さに固定し、回りの隙間は仕上げモルタルで埋めた。今や、この母屋桁が屋根を支えている。

やはり、母屋桁を棟の横に持ってきたのは正解だった。この方がずっといい。私たちは満足気に天井を見上げた後、母屋桁を持ち上げるために作った支持材を解体し、大工道具を片付けて掃除機をかける。作業現場はきれいにしておきたい。まあ、建材があちこちに転がっている埃まみれの屋根裏の清潔さには限界があるが、できるだけのことはやっておこう。これから二人で作業するので、私一人の時よりもきれいにしておかなければ。自分で散らかした中で作業をするのは仕方がないが、他人の散らかした場所で働くのは、カオスの中にいるように感じられるものだ。

作業現場が整理整頓されると、作業効率が上がり、より安全になる。それに仕事に行くのも楽しくなる。

24

翌朝、ダンは路面電車で現場までやって来た。彼はストーロの上のほう、ティーセン［いずれもオスロの一地区］に住んでいるので車は置いてくる。私はトイエンの自宅から現場は遠くないにも関わらず、車で来る。ヘーガマン通りまでの公共交通手段が少々不便なのと、作業中に車を使うこともあるので、近くに駐車しておくと何かと都合がいいのだ。ただし駐車はかなり面倒くさい。

2月中旬のオスロにおいて、除雪とは、主に雪を別の場所に移動させることを意味する。道路や歩道では、単に雪を雪だまりに移すだけだ。車を道路に出すため、運転手はその雪を再び道路に押し戻す。このようにして何度も行き来するうちに、雪は重く、固くなる。朝、車を出すために車の周りの雪かきをし、ペータセン家の前に駐車するために、そこでもまた雪かきをする。午後ペータセン家から帰る時は、再び道路が除雪されているから、また同じ作業をする。

朝まで放っておくと雪が氷状に固まってしまうので、車の周りの除雪は夜にやるべきだと分かった。朝方に降った雪は柔らかくて除雪しやすいので、それほど大変ではない。

屋根裏は寒いが、私たちは慣れているので、それに適した服を着ている。だが、あかぎれが酷くなった。こればかりはいくら服を着てもどうにもならない。皮膚のひび割れはローションでも手袋でも予防できない。一番大きなひびをサージカルテープで覆った。そうしないと傷に汚れやトゲが入るし、傷が大きくなると出血することもある。

身体のどこかを切ったり、小さな傷ができてしまった時、大工が使うのはサージカルテープだ。指先の小さな切り傷でも出血が多いと普通の絆創膏では役に立たず、作業中に唯一外れないのがサージカルテープなのだ。それにサージカルテープなら出血が止まるまで、何度も貼り直すことができる。それでも対応できないような大きな怪我をした場合には、病院で診断を受け、時には縫うしかない。怪我をするリスクの高い職種の人間にとって、大きな怪我の定義は一般の人とはずいぶん違うはずだ。私だって血も切り傷も痛みも好まないが、作業着を着ていない時に比べて、仕事中はあまり気にならない。痛みがそれほど感じられないので、たいていそのまま続けてしまう。

支持構造体がいったん完成したので、接続金具ですべて固定し、必要な箇所に内装ビスを入れる。少しずつ床の上に置いてある邪魔な建材が少なくなってきたが、それもクレーン車で次の建材を搬入するまでの間だ。

これでようやく、方杖や繫ぎ小梁などの余計な構造物を外せるようになった。それらを解体した廃棄物は、小山のようにきちんと積み重ねておいた。方杖や繫ぎ小梁を外した分、古い垂木の煉瓦壁と接する箇所を補強しなければならない。垂木が動かないように、帯鉄を使った。

これで屋根裏はずいぶん広々として見通しがよく、作業がしやすくなった。

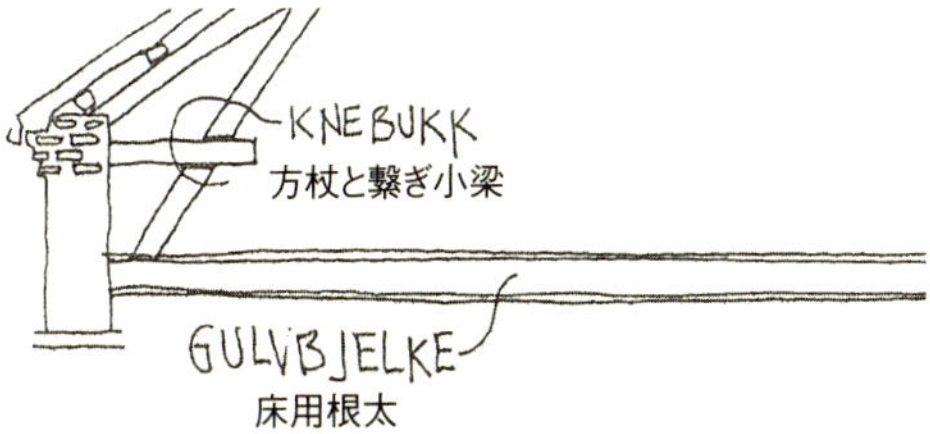

OPPRINNELIG KONSTRUKSJON
元の構造

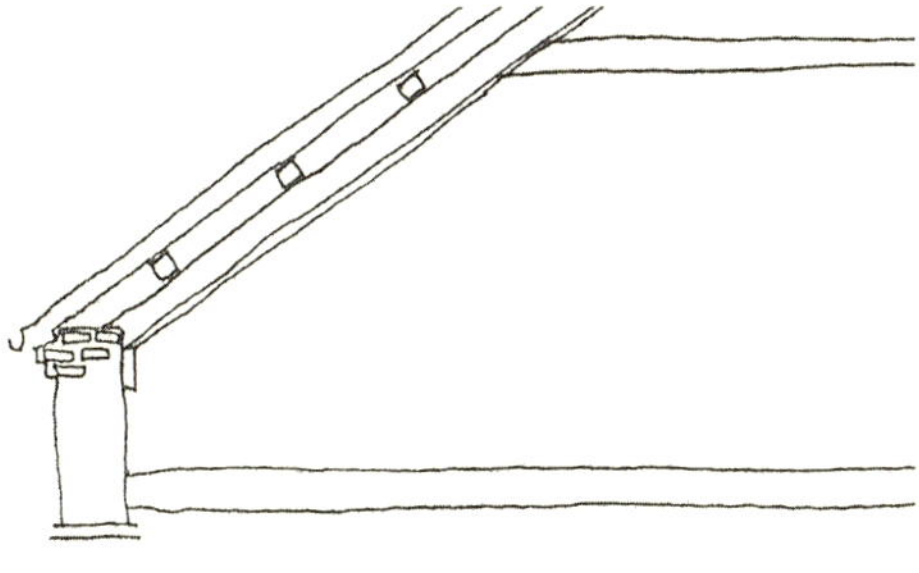

NY KONSTRUKSJON
新たな構造

25

私たちは、これまでにたくさんの階段用の開口部を作り、試行錯誤を重ねてきた。だから自分たちの生み出した工法が最良のものだと自負している。

内階段の開口部ができたら、ペータセン一家が住んでいるアパートメントと、この埃っぽくうるさい建築現場が繋がることになる。きちんと覆いをしておかないと、部屋のあちこちに埃が入り込んでしまうだろう。屋根裏の改築現場と下の居住空間をきちんと区別しておくため、作業中はこの二つの空間の連絡通路を開けたままにしないでおく。最終的に一日だけ大工作業を行って、完全に開口部を開ければいい。それから塗装作業を行い、その後で階段を設置する。そうすればペータセン一家に不便をかけるのも最小限で済むだろう。

今日は一家の住むアパートメントの天井に、屋根裏に続く小さな穴を空ける。この穴を中心として階段用の開口部ができるのだ。内階段の位置を決めるための計測も、この穴を基点とする。

建材の搬入をする前に、粘土や下張り床を取り除き、一時的に取り付けていた騒音防止材を外した。ダンはドリル、ネジ一本、段ボール箱と脚立を持って、下のアパートメントに下りていく。

開口部を造る部分の中心あたりで、ダンが下からネジを天井に入れる。その真下で脚立の上に立ち、段ボール箱を天井に押し付けてテープで留めた。ダンが段ボール箱を下から支えている間に、私はのこぎりを使って屋根裏側から、突き出しているネジの周りを20×20センチの寸法で切り取っていく。木屑や埃は段ボールの中に落ちるので、気にせず満身の力を込めてのこぎりを挽く。

切った部分を外すと、穴の周囲やダンの持っている段ボールの中に掃除機を掛けてきれいにした。それが済むとダンはテープと段ボールの箱を天井から外す。これでアパートメントに埃や屑を落とすことなく、アパートメントの天井から屋根裏の床に続く穴を空けることができた。

次は図面を参考に、完成した開口部がどこに位置するのかを計測する。

アパートメントの床に置いたレーザー墨出し器が、穴を通して屋根裏の天井を照射している。レーザー墨出し器は垂直線と水平線のレーザー光を放ち、水平や垂直などの基準線を出すことができる道具だ。

階段の開口部は、アパートメントの二方向の壁に沿って正確に位置を決めなければならない。レーザーを使って階下の片方の壁までの距離を計測してから、屋根裏で同じ距離の印を付ける。アパートメントのもう一方の壁でも同じことをする。こうして必要な寸法が得られたので、もう穴を塞いでも大丈夫だ。ダンは石膏ボード二枚を天井にネジで留めると、埃が出ないようにボードの縁をテープで覆った。この小さな穴をふたたび開けるのは、階段を造る職人がやってくる時だ。階段を取り付ける最後の仕上げまで、この空間にはもう触れない。

今日の昼食は普段よりやや遅く、1時に取った。一人で作業をしている時は特に時間を決めず、お腹の空き具合で食事のタイミングを決める。たいていは11時から12時の間だが、午後1時か2時になって、そうだ昼食を取らなければと気が付くこともある。いっぽう、ダンは習慣の奴隷だ。だから一緒に仕事をする時には、私たちは毎日きっかり11時半に昼食を取る。

食事中にはできるだけ仕事の話はしないようにするのだが、これがなかなか難しい。とはいえしばらくの間、仕事のことを頭から締め出していると、気分が新たになり頭が冴えてくる。食後のコーヒーはいつも屋根裏で飲むのだが、今日は柱や梁の改築にどうやって取り掛かるか図面を広げて考えながら、ペータセン家のキッチンで飲んだ。最近では、冷蔵庫の一段目に自分たちの食材を置かせてもらえることになった。水筒のコーヒーを飲むのは構わないが、作り置きのサンドイッチはいただけない。食べる直前にパンを切ってオープンサンドを作る方が、本格的な食事をしている気分になれる。ペータセン夫妻が私たちのタオルを洗濯してくれるようになり、しかも私たちが普段するよりも頻繁に洗ってくれるので、食事面でも衛生面でも何だか贅沢な気分だ。

アパートメントの片側の壁は上階の屋根裏へと続いている。しかし屋根裏部分には漆喰が塗られていないので、厚みが薄くなることを考慮しなければならない。それでも屋根裏の壁とアパートメント内の壁が同じ方向に伸びているので、階段の開口部はそれと水平に造ればよい。つまりアパートメント内での計測した結果はそのまま、上の階の基準となる。

開口部の寸法は1・8×1・9メートルである。階段の開口部の一辺になる壁に水平線を引いた。簡単に測定できるように、水平線の箇所に平らな板を留める。

90度の角度を計算するため、職人が用いる単純バージョンのピタゴラスの定理を使う。三角形の3辺を3―4―5センチにすれば、3―4センチの2辺の角度は90度になる、つまり直角になる。それと同じ対比で三角形の各辺を120―160―200センチに拡大し、より大きな三角形を作る。そうすると90度の角度を持つ平らな板を作ることができる。

内階段開口部の残りの二辺中の一辺は階下のアパートメントの壁と接するので、そこにある根太に印を付けた。ここで90度の角度を計り、そこから1・9メートルの所に平行線を引く。このようにして、内階段開口部の印を付けることができた。屋根裏側では、階段開口部の最後の一辺は漆喰が塗られていない煉瓦壁である。

次に、対角線を確認する。四つの角から伸びる対角線が対称になっていれば、四つの角の角度は90度になるはずである。測定して確認し、そして再確認する。

埃っぽくでこぼこした建材の正確な寸法を取る作業が終わると、私とダンは互いに一週間の疲れをねぎらった。一つ切れているランプがあるのに気付き、プラグを交換する。数日間ランプが点かないことにイライラするより、気付いたらすぐに取り換える方がいい。

金曜日は奇妙な曜日だ。ほとんどの人は週末を心待ちにしていて、金曜日は早く終わって欲しいと思うだろう。だが私は金曜日の午後になると、いつにも増して仕事に対する意欲が湧く。やるべき仕事は完成し、一切の義務から解放されて、今やっている仕事はボーナスのように感じるのだ。いくらでも働けるような気分になり、ダンに話しかけて長引かせようとするが、ダンは乗ってこない。彼はさっさと家に帰りたいのだ。私もこれから美味しいスープを食べに行く。

26

ヘレーネ、スノア、クリスターの3人は、私が着くまで食事を注文するのを待っていてくれた。レストラン・ハイ［オスロにあるベトナム料理店］のフエスープ［ベトナム中部都市フエ名物の米粉の麺と牛肉を用いたライスヌードル。北部名物の米の平打ち麺フォーとは別の料理］は、私が知っている限り、オスロで最もコストパフォーマンスの高い食事だ。

ヘレーネは保育園で働いているが、保育士の資格がないので自称「ただのヘレーネおばさん」である。頭の切れる女性で、会話をしていて楽しい。スノアとクリスターもいるし、楽しい宴になりそうだ。

今日集まった仲間を職業上の社会的ステータスで分ければ、一番上はクリスター、スノアや私は中間層、そしてヘレーネはその下ということになるだろうか。

仕事の質とは何か、という話題になった。仕事の難しさがその職業の社会的ステータスに反映されているのか、つまり質の高い仕事を提供する難しさに関係しているのだろうか。皆がすぐに同じ意見に賛同してしまったので、ちょっとつまらない。社会的ステータスと仕事の質に関連性はないだろう。だがそこでヘレーネが、品質とは何かと言い出した。良い質問だ。商品の値段や耐久性、それに機能性。もちろん大事だ。需要？　関係があるとも言えるが、ないとも言える。環境への影響は？　もちろん。

「それは違うだろう」と私は言った。「環境やいわゆる持続可能性《サスティナビリティ》は、商品の質とは関係ない話だ」

「いいや、あるね。僕は環境に悪いものは買わないよ。少なくともあまりにも悪質なものはね。生産過程だろうと、使う時に環境に害を及ぼすものだろうと」

クリスターが反論する。

「でも先月、バルセロナまで飛行機で行ったよな。それにお前の携帯だって、レアメタルを使用してる。携帯なしじゃ生きていけないだろ？」

とスノアが横槍を入れる。

「でも他に選択肢がないじゃないか」

「あるじゃないの。携帯電話を使わないとか、バルセロナに行かないとか」

ヘレーネが少々皮肉っぽく言う。

話を具体的にするため、一つの商品に絞って、原料や生産者、使われ方などについて議論することにした。そしてテーマはシャツに決まった。

「シャツは機能的で、しっかりと仕立てられていて、気に入ったデザインならそれで十分だよ」私は言った。

「自分のことしか考えてないのね」

皆がビールをもう一杯注文してから、ヘレーネが続ける。

「だったら自分みたいな職人は不当な扱いを受けているなんて、文句を言える立場じゃないでしょ。あなたのシャツは環境に劣悪な原料で、バングラデシュの子供が縫っているんだから。ノルウェーの気の毒な大工さんたちだって同じじゃない」

私は3人を相手に議論を戦わせることになった。

「待てよ、シャツの品質が良いことが、イコール児童労働とか環境汚染ってわけじゃないだろう。誰だって自分が買いたいものを買うし、それぞれ理由も違う。10分おきに携帯電話をチェックしながら、バルセロナに飛んでくクリスターみたいにさ。俺だって目の前のシャツが児童労働で作られたと分かってたら、そのシャツは絶対に買わないよ。でもシャツの品質はそれとは関係ない。バングラデシュの子供の労働環境には何らかのコントロールが必要だと言うのは簡単さ。でもノルウェーにだって、そんなものはない」

「少なくともノルウェーには児童労働がない」

とクリスター。

「まあ、自分たちのシャツそのものをそんなに作っていないよな、この国では」

と私は言った。

「でもそれはまた別の話だ。ノルウェーには児童労働を禁止する法律があるし、持続可能な環境のための法律もある。児童労働が禁止されているから、それによって作られたシャツも存在しない。だから、〝児童の作ったノルウェー製のシャツ〟の品質を評価することはできないってことさ。労働環境法やその他の関連法の方が、消費者の権利法よりも上位にあるんだから」

「児童労働で作られるシャツの品質がどんなに良かったとしても、俺たちにできるのは、法律に基づいてそういうシャツの輸入を禁止することだけだ。だけど品質について議論しているうちに、シャツと人権の話になるなんて、ちょっと陳腐じゃないか。洋服の品質を根拠にして、今自分たちが恩恵を受けている社会の仕組みを当たり前と思うべきじゃない」

私はすっかり興奮してしまった。

「それじゃあ、たとえばノルウェーの労働環境法を根拠にして、輸入品を評価すればいいの？」

ヘレーネが聞いた。

「ある意味ではそうかもな。そしてもっと身近な搾取、たとえば職人の世界の現状なんかには、もっと真剣に対応するべきだと思う。少なくとも、もう少し関心は払われていい。そういう文脈での方が背景も理解されやすいだろうし。今や物の生産はボーダーレスだ。俺たちはそういう時代に生きてる。環境だって労働条件だって、国境で区切られてはいないんだ」

こうした議論をしていると、自分の暮らす社会の良さが見えてくる。完璧とは言えなくても、あまりに酷い搾取や自然破壊を防ぐためのルールがある。だがそれゆえに、豊かな社会に生きている私たちが間違いを犯すと、その失望は計り知れない。私たちは、正しいことを選択できる立場にあるのに。とにかく、わずかでもアルコールが入ると私はやたらと法と秩序を称える正義漢になり、そして労働環境法のために乾杯しようと言い出す。誰もそれに反対する者はいない。

「法律に守られていなかったら、今とはまったく別の社会になっていたはずだ。親はみんな自分の子供が工場で働かないで済むように、運を天に任せるしかなかっただろうな。乾杯！」

「俺は13歳の時に建築現場で働かなくて済んで本当にうれしいよ。自分の手を汚さないエリートのために、小さい子供がシャツを縫うなんてとんでもないよな」

スノアが言った。そして皆でテディスバーに向かった。

27

月曜日の朝が来て、再び互いに挨拶を交わした。

ペータセン一家は週末の間山に行っていたので、繋ぎ小梁や方杖を外し、母屋桁を設置した屋根裏はまだ目にしていない。どんな風に変わったのか見てもらうために、一緒に屋根裏に上がった。目覚めのコーヒーなど必要ない子供たちは、元気いっぱいに土日のそり遊びやスキーのことを話してくれた。ダンは既に屋根裏で照明や大工道具の準備をしている。

夫妻は目の前に広がる屋根裏の空間を気に入ってくれたようだ。こちらの目論見《もくろみ》通り、中二階でも母屋桁が邪魔にはならない。壁面に沿って走る繋ぎ小梁や方杖が、これまであまりにも場所をとりすぎていた。相変わらずあちこちに道具や建材の束が転がっているが、繋ぎ小梁や方杖があった時よりも開放的なスペースになっている。作業は順調だ。

私には仕様書に書かれているのとは異なる、あるアイデアがあった。これまでの仕事ぶりを見て、夫妻は私たちのことを信用してくれているだろうから、話すなら今だ。もともと一家は、バスルームにイケア製品を使うつもりでいた。だが私は代わりに、造り付けのバスルーム家具を提案したいと考えていた。合板材で造ることになるので、彼らの注文よりは高くついてしまうのだが。

私は夫妻に簡単なスケッチと、かつて別の施主のために造った同様のバスルームの写真を見せながら、自分のアイデアを説明した。夫妻が興味を示し、考えてみると言ったので、私は資料をメールで送ると約束した。私は中二階には傾斜した屋根に合わせ、イケア製のクローゼットを置く案も付け加えた。そうすればイケアも取り入れられるし、収納スペースはいくらあってもいい。

本来の仕様書通りに作業を進め、余計なことはしないほうが簡単だ。しかし、私の案ならもっと素敵なバスルームができるし、私たちもやりがいを持って仕事に取り組める。

ペータセン一家が出かけた後、ダンが二人分のコーヒーを淹れてくれた。

次は内階段用の開口部を造るため、アパートメントと屋根裏の間にある根太を取り除かなければならない。取り除いた箇所は補強が必要で、開口部の周りの床もやり直す必要がある。設計士が既に新たな構造を設計し、寸法を測ってある。

改築中は、階下のアパートメント側から根太を支えるのではなく、根太を一時的に屋根構造に固定しておく。新しい構造を造る間に、弱体化した根太が動かないようにしなければならない。もし動いてしまったら、アパートメントの天井にひびが入るかもしれず、それを修復するのは大変な作業になる。

使うのは2×4材と多くのネジだ。このような一時的な構造に使うネジは、何回も再利用する。充電式ドリルや最新型の丈夫なネジのおかげで、こうしたことが可能になった。

開口部を造る箇所の根太の下にポリウレタンフォームをスプレーする。ポリウレタンフォームは穴やひびを埋め、全体を固めて結合する。これは私たちの秘密のテクニックで、アパートメント側のダメージを最小限に抑えながら開口部を造ることができる。

屋根裏の煉瓦壁に最も近く、またそれと平行して走っている三本の根太を切り取ると、この三本が支えていた荷重を残りの四本で支えなければならない。そのため四本目の根太の両側を、膠を付けた2×9材で補強し、その上で全体を貫くボルトで固める。そうすれば緩まない。

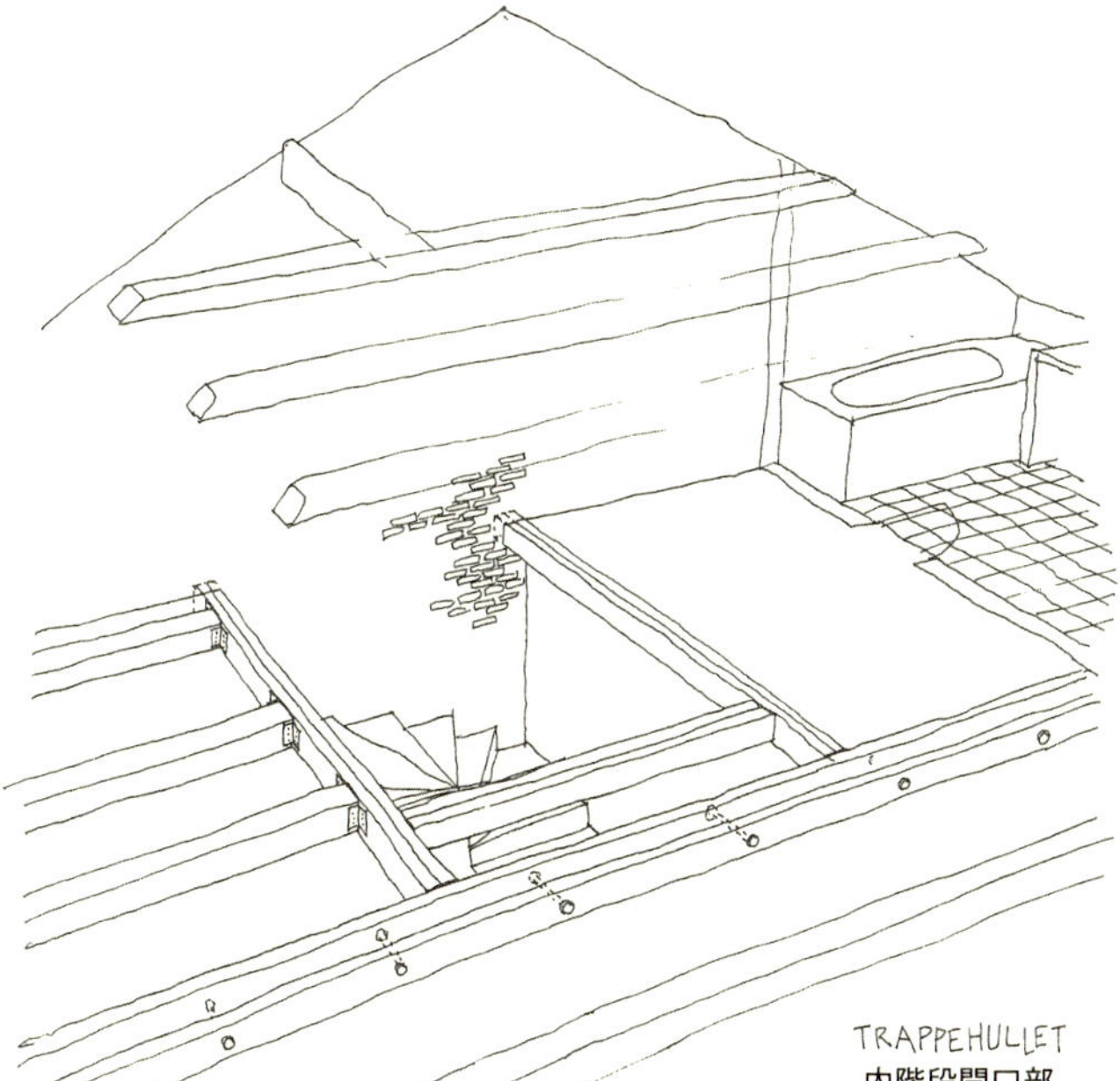

内階段開口部

この四本目の根太から90度の角度で切り根太掛け〔階段または煙突などに開口部を残すため、床や天井の枠組みの小口端を受ける梁〕を掛ける。その一方の端が補強された根太に固定され、もう一方の端は煉瓦壁にあけた穴に入れる。先日印を付けた、開口部を造る箇所の周囲に、さらに大きな穴の寸法を計測する。そうすると新しい根太と石膏ボードのためのスペースができる。ここで床用根太、いや、アパートメントから見た場合には天井の根太を切り取らなければならない。

ダンは電動のこぎりを準備し、刃を研ぎ、根太を正確に切り取る。今のところ、階段用の開口部にある根太をすべて取り除くわけではなく、切り根太掛けを設置するスペースを確保できさえすればいい。ダンはいくつかの根太を約30センチ切って、切り根太掛けを入れた。支持構造体の一部になっている根太は切り根太掛けに掛けて、留め具や釘で入念に固定する。

補強された床用根太と煉瓦壁の間を走る切り根太掛けから90度の角度で、別の根太を煉瓦壁と平行に設置する。この根太は階段用の開口部の一辺になる。そこからまた別の根太を90度の角度で煉瓦壁に向かって設置する。これが開口部の三つ目の辺で、四つ目の辺は煉瓦壁だ。

開口部周囲の構造は完成したが、アパートメントの天井はまだ塞がっている。天井部分の開口部が空く所に、根太からできている四角いフレームが見える。作業を始める前と比べて、周辺の構造はずいぶん頑丈になっている。

開口部の残りの根太には今、荷重への耐力がまったくない状態だ。新しい支持構造体のために一時的に重ね継ぎ［部材同士の端を、一定の長さで重ね合わせて継ぐ方法］を施し、木片合板［木材の小片に合成樹脂接着剤をスプレー塗付し、所定の形に成型した板状の製品］を上に敷いて、繋目のない平らな床の上で作業をする。開口部に断熱材を付ければ、防火条件を満たすことになる。万が一建設期間中に火災が起きても屋根裏は独立しており、それほど簡単に階下に燃え広がることはないだろう。この断熱材は下のアパートメントに対する防音材の役目も果たす。

私たちは後片付けをし、床と屋根を一時的に固定していた部材も取り外す。これで床を敷く準備も整った。ようやく本格的に屋根裏部分に手を付けられる。

28

ペータセン一家は、床板として無垢の松材による加工済み床材を注文していた。これを根太、あるいは床張り板の上にじかに敷くこともできるが、その場合は床をカバーで覆っておかなければならない。だがそれでも建設作業中の床の傷を完璧に防ぐことは難しいので、まずは木片合板の床下地を張っておくほうがいいだろう。無垢の床板は、屋根裏がほぼ完成した時点で張ればいい。

古い床の場合、段差、あるいは歪度《わいど》はかなり大きくなる。この屋根裏の床の段差は4センチあるので、木片合板の床を張るための新しい根太を使って床を平らにする。今週は残りの日を全部使って、この作業をすることになるだろう。

金曜日の朝、エバの会社から派遣された電気工、ビョーン・オーラヴが床下に電気ケーブルを設置しに来た。既存のケーブルを撤去し、木片合板の床の下に新しいケーブルを埋設する。今後の電気工事の予定も、ついでに一緒に確認した。ビョーンは次回持ってくる道具や資材をリストアップし、電気工らしく淡々と次の現場へと向かっていった。

電気工はいろいろな現場で作業する。私には合わない仕事のスタイルだ。私は長期間の、比較的規模の大きなプロジェクトが好きだ。職人の世界にはさまざまなタイプの人材が必要だが、下請けとして、社用車で移動しながら多くの小規模案件をこなすような職人もその一つだ。ビョーン・オーラヴはそういった働き方を好み、ある意味彼は自分自身の上司も兼ねている。

ビョーンと違って、私は下請けの仕事を引き受けると、常に誰かに何をすべきか指示されているような気分になる。規模の大きなプロジェクトで働いている時は、長期的に計画を立ててさまざまな工程を決めるので、自分で時間を管理しているという感覚がある。私はそうやって働いていると自由を感じるが、他の人々は、それをつまらなく思うかもしれない。

この一週間はあっという間に過ぎた。仕事は着実に進んでいて、私は満足している。作業の進み具合よりも時間の方に追い越されるように感じられることもあるが、今回は順調だ。少なくとも現段階では。

私たちはコーヒーの最後の一杯を飲み、仕事を終わらせた。ダンは子供の誕生会に向かった。ケーキを楽しみにしているらしい。チョコレートケーキが大好物なのだ。

29

月曜日の朝、いつものようにペータセン一家に挨拶すると、新しい内階段のあたりを見ましたよ、と言われた。先週は屋根裏に顔を出さなかったが、日曜日に様子を見に上がったのだそうだ。一家はこちらの邪魔にならないよう、少々距離を置こうとしているようだ。私たちを監視しているように思われたくないのだろう。その気持ちはありがたいが、私は施主が見に来てくれて、作業に興味を示してくれる方が好きだ。こちらを信用せず、的外れな文句をつけたりするような施主は困るが、カーリ夫人とペータセン氏はそういったタイプではない。彼らの質問の仕方や、興味の示し方はとても好感が持てる。もっと頻繁に屋根裏に来てくれて構わない。そもそも私たちが改築しているのは、彼らの家なのだから。

「大変な作業だったでしょう?」

カーリ夫人が内階段の開口部について言った。

「アパートメントにはまったく埃が出ませんでしたよ。工事の前にそう言われた時は、まさかと思ったんですけど」

「完成するまで、だいたいそんなものですよ。まあ、私たちがキッチンで食事をする時は多少埃がたつかもしれませんが。それは問題ありませんか?」

私はほんの少しだけ、申し訳なさそうに言い添える。

「何の問題もありません。食事はしなきゃいけませんし」

カーリ夫人が答えた。

「何でも聞いてください。少しでも疑問を感じたら、どうぞご遠慮なく。誤解があると、後々問題になったりしますから。それに見学もいつでも歓迎ですよ」

このような機会を利用して、良い関係を築くことができるのはありがたい。何か問題が起こってしまってからでは遅く、そうなったら簡単に諍《いさか》いに発展しかねない。

床に木片合板を敷く準備ができた。私たちはペータセン一家の選んだ無垢の床について少々話をした。無垢の床は堅い合板の床よりも柔らかい感触があり、また仕上げも美しいと夫妻は考えているようだ。さらに無垢材は合板ほど加工されていないので、環境にも優しいのだと。ダンと私はその点に賛同し、質の良い無垢の床を敷くのを楽しみにしていると答えた。これまでダンと私が敷いてきたのは、ほとんど合板の床だったのだ。

合板の床の方が作業は早く済むので、値段は手頃だ。多くの人々が合板を選ぶ主な理由はそれだろう。だが他の理由もある。大手の製造会社や建材店のチェーンは合板、又はビニール製ラミネート加工の床材のマーケティングに力を入れている。このタイプの床材は目玉商品であり、いわばスーパーの豚肉やおむつのようなものだ。

合板材の方が堅くて、傷や擦り傷がつきにくい。そのために仕上がりがきれいで、多くの人々がこちらを好む。それをとやかく言う気はないが、無垢の床の方が何度も表面を研磨できるため、長持ちする。だが、耐久性に対する人々の意見は変わってしまった。工夫して物を大事に長く使うよりも、新しい物を買う方が簡単だ。そして多くの人々にはその余裕がある。人々が摩耗や傷を嫌がるようになったのと同時期に、合板材の値段が安くなった。そのうえ合板の床は敷設しやすく、それほど高いスキルはいらない。だから合板材の床の普及につれて、無垢材の床をうまく敷ける職人が少なくなってきている。

私は「コストが掛かる」と「値段が妥当」という表現をよく使う。「高い」と「安い」という言葉はあまりに個人的な感覚に左右されるように思う。私がこれらの言葉を使うのは、値段に間違いがあった時などだけだ。無垢材の床と比較するとビニールの床材は劣ると思われるが、付けられた値段に見合わなければ、どちらも「高く」なり得る。無垢材の床に妥当な値段が付けられていれば、そう、それは妥当なのだ。逆にビニール床材のサプライヤーにあまりに多くの利幅があった場合、無垢材より値段が安くても、私はそのビニール床材は高いと思う。

私はどちらのタイプの床材も好きですよ。素材としてはどちらも利点がありますからね。そんなふうに言っておくのが無難なところだろう。ビニールの床材が安っぽいというわけではないが、裕福な人々は時々、自分たちの生活の余裕をひけらかす必要に迫られるらしい。スノッブであることは、貧しい人々と距離を置くための安価な方法なのだ。だが製品自体が、この了見の狭い格差論争に巻き込まれるべきではない。ノルウェーのことわざにある通り、「家は持ち主の城である」。床が無垢材であろうとビニール材であろうと、訪問先の床は汚すべきではないだろう。

床の既に平らになっている箇所や、内階段用開口部の上の部分から木片合板を敷いていく。合板を開口部に合わせて正確にカットし、そのまま置いておく。そうすれば開口部を造る時にはただ合板を外すだけで済む。開口部が覆われた今、屋根裏は独立した空間になっている。

床が敷かれていない部分に置いてある未使用の建材は邪魔になるので、合板を敷く度にその上に移していく。そうすると、あいたスペースに手早く敷設していくことができる。慣れてくると、この作業もスムーズになり、考え込んだり遠回りしたりすることもない。

「今、目の前の作業が俺の頭の中でマズルカを踊ってるんだ」〔作業を特に考えなくとも、手がすいすいと動いていくという意味〕

アコーディオンの演奏が好きな親方はいつもそう言っていた。

木片合板の基礎床が完成し、ダンがその上でラインダンス〔カントリーミュージックなどに合わせて全員が同じステップで踊るダンス〕を踊ってみせた。幸いなことにビリー・レイ・サイラス〔アメリカのカントリー歌手。１９６１年生まれ〕の「エイキィ・ブレイキィ・ハート」が頭の中で鳴り響きだす前にやめてくれた。

平らな床の上で作業ができるようになったので、これからは片付けが楽になり、高所の作業も安全かつ効率的にできるだろう。

30

報酬があまりにも低すぎれば、職人のレベルも下がり、手抜き工事が発生したりする。職人の世界では、これはいたって単純な話で、搾取や不当廉売の問題は関係ない。だが適切な値段を支払ったにもかかわらず、職人がクオリティの低い仕事しかしない場合、その原因は値段ではない。

屋根裏を耐火構造にする作業は時間が掛かる。手を抜けばコストは節約できるが、耐火構造物としての価値がなくなってしまったら何の意味もない。それは、家族の安全を考えて高価な大型車を選び、品質の良いチャイルドシートも購入したものの、その車のタイヤが粗悪でブレーキも擦り切れている、というようなものだ。

この比喩をさらに続けてみよう。その車は高価だが、定価より安くなっていた。しかもあまりにも安い。友人に安く買ったことを自慢してみせたが、心中では何かが怪しいと考えている。だがこの買い手は、それを承知の上で購入しているのだ。使い古しのラーダ

［ロシアの自動車メーカーのブランド、安っぽいイメージがある］の値段で、状態の良いロールスロイスが手に入るわけがないのに。

屋根裏も、手を抜けばコストが安いと思えるのは火災が発生するまでの話だ。現実には耐火構造がきちんとしていない屋根裏で火災が起きたら、家屋全体にあっという間に燃え広がるだろう。それを安いと言えるだろうか？


私たちはこれから防火壁を造る。加えて防火壁の両サイドに、石膏ボードを壁本体から少々離して、天井にネジ留めして吊り下げる。また中二階も耐火構造にする。

既存の煉瓦壁は、一家の居住スペースと他の住人用収納スペースを区切っているが、この煉瓦壁は耐火隔壁として承認されている。

壁の作業に取り掛かる前に、共用階段空間と屋根裏の居住スペースの間に、新たな防火扉を取り付ける。居住スペースと他の住人用収納スペースは、別個の防火区画として区分されるので、別々にドアを設置する。屋根裏の耐火隔壁とこれから造る壁の基準は、いわゆるＥＩ60［ヨーロッパの耐火性基準］である。これは壁のどちらの側で火事が発生しても、60分間は炎や煙がもう一方の側へ広がることはないということを意味する。

防火壁の工法はさまざまだ。私たちは一般的な骨組みを用いた二層構造壁を造るつもりだ。分かりやすいように、まず一枚の壁の仕組みを紹介しよう。2×4材の間柱を使い、片側に二枚ずつ石膏ボードを重ね、断熱材を施す。石膏ボードは互い違いに設置する。つまり継ぎ目が同じ場所にこないように、一枚目の層の継ぎ目をもう一枚の層に対してずらすのだ。一番外側にある層には漆喰を塗る。もう一つの壁も同じ工法で造り、最初の壁から少し距離を置いて設置する。この二つの壁が、防火壁の二つの面になる。

石膏ボードはすべて、屋根や壁から0・5～1センチ離れた距離で設置する。この隙間には防火用のシーラント［変成シリコーン樹脂を主成分とする弾力性・変形追従性・接着性に優れた充填剤］を充填する。シーラントは火災の時に煙が漏れるのを防ぐ役割を果たすため、隙間の深さに対して適切な幅にする必要がある。防火壁を造る時に最も時間が掛かるのは、適度な隙間が得られるように石膏ボードを調整することである。特に母屋のある傾斜屋根の場合はそうだ。この仕事において最も手抜きが多いのも、この部分だ。

火災の時に人の命を奪うのは主に煙である。だからこそ、このシーラントの充填は建物を耐火構造にする上で重要だ。この職業において、良質な仕事と悪質な仕事の差は、わずか1ミリしかない。

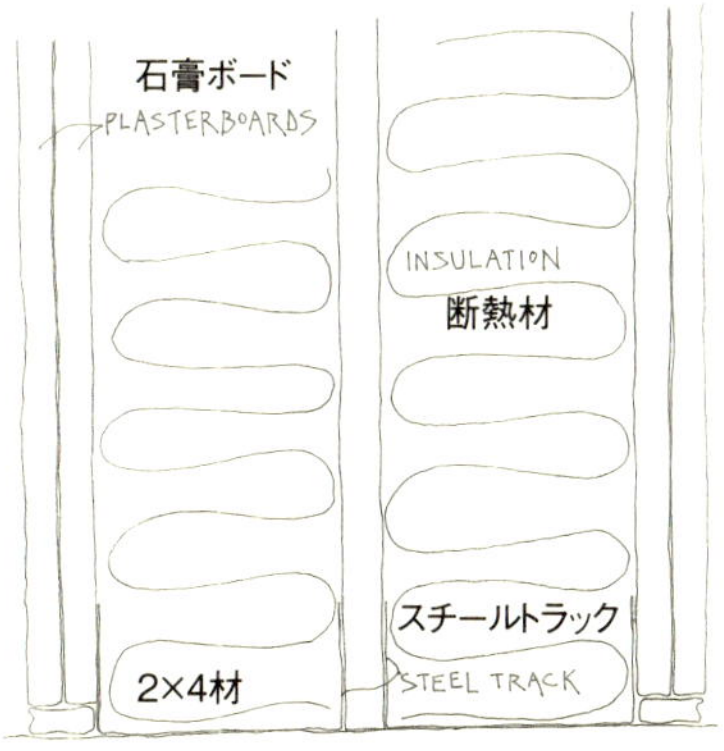
石膏ボード
PLASTERBOARDS
INSULATION
断熱材
スチールトラック
2×4材
STEEL TRACK

耐火隔壁の断面図

0
5
10
20CM

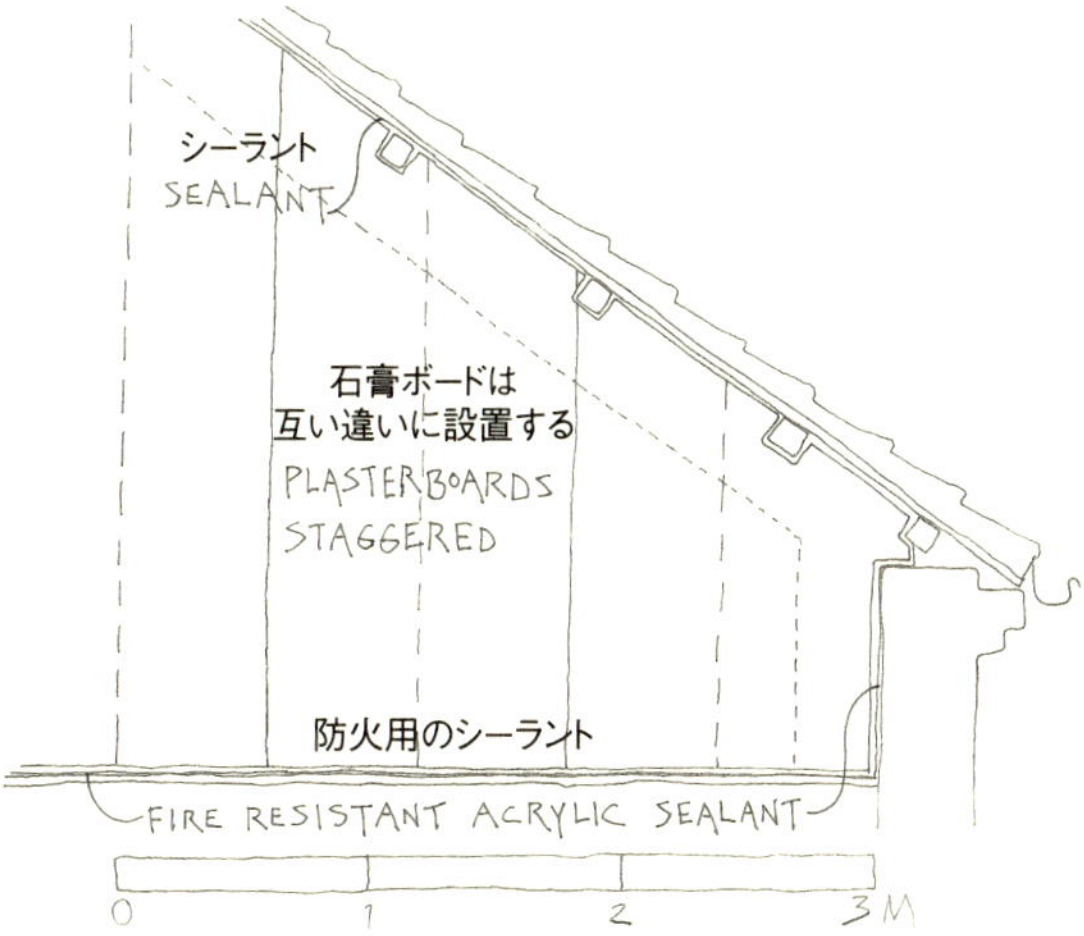
シーラント
SEALANT
石膏ボードは
互い違いに設置する
PLASTERBOARDS
STAGGERED
防火用のシーラント
FIRE RESISTANT ACRYLIC SEALANT
0
1
2
3M

31

今朝は寝坊してしまったので、大慌てで現場に向かった。月曜日の朝からこんな風に仕事を始めるのは良くないので、まずダンと二人で少し雑談をする。ちょっとしたストレスが一日の作業に影響することもあるので、作業の前に少し気持ちを落ち着かせておくのだ。

ダンは先にペータセン一家に挨拶をしているので、私たちが作業を既に開始しているのは分かっているはずだ。ペータセン一家は結局、私の提案した造り付けのバスルーム家具を希望することになり、天井にはポプラ材のボードを使ってほしいと言ってきた。明るい色のポプラ材とは対照的に、家具はオーク製にする。それに天井の傾斜に合わせて、中二階にはイケア社のクローゼットを設置してほしいという。どれも楽しみな作業だ。

今日は、壁用の枠組みを造り、断熱材を入れてから石膏ボードを取り付ける。後の作業がしやすいよう、石膏ボードを二脚の架台の上に乗せ、作業台のようにする。

片方の壁のために最初の石膏ボードを造り、それを鏡面対称のバージョンで作ると、反対側の壁用のものができる。石膏ボードは完全に垂直に立てなければならない。他のボードを測定する時の基準になるからだ。

最初のボードを取り付ける前に、ボード半枚分の寸法を新しいボードに写す。次に取り付ける二層目の石膏ボードのためだ。各ボードの継ぎ目の部分が重ならないように、60センチずらす。今度は最初のボードと、壁の反対側にある鏡面対称のボードを固定する。そして次のボードを造る。その半分には、始めのボードから写した半分の部分が複写してある。そうすると一枚の完全なプレートができあがるというわけだ。

ボードを造り、写し、設置し、また新しいボードを造る。このようにしながら防火壁の両側に、同時に石膏ボードを設置する。この方法なら、測定を何度もする代わりに複写をするだけで済むので、時間の節約ができる。そして不正確な部分が出ないよう調整するのも容易になる。

この写し絵遊びには全体の把握と連係プレーが必要だが、それを徹底すれば仕上がりもきれいだ。どんな工法がベストか、常に私たちは模索している。親方は常に、節約できた時間は測りようがないと言っていた。

耐火性シーラントはコーキング［気密性や防水性のために施工される隙間を目地材などで充填すること］用エアガンを使って充填する。

シーラント充填作業は手間がかかるが、適切な道具を使えばスムーズに進むし、手を使ってポンプ作業で充填する負担からは解放される。ケーブルが壁を通る箇所では、高温で膨張するタイプの特別なシーラントを使わなければならない。火災の時にケーブルが溶解してできる穴を密閉するのだ。

防火壁の両側では天井に石膏ボードを取り付けて、隙間にシーラントを吹き付ける。石膏ボードを取り付ける時には長いネジを使わないように注意する。野地板の内側が天井になっているので、長いネジを使ってしまうと屋根を突き破るリスクがあり、新しい防水シートを屋根に張りなおす羽目になる。再び足場を用意し、縦桟木《たてさんぎ》、横桟木《よこさんぎ》、屋根瓦を取り外し、防水シートを張り直し、すべてをもう一度設置し直すなど、考えるだけでもゾッとする。

今や防火壁が完成したので、屋根裏が二つのスペースに区切られた。一方は居住スペースになる部分で、屋根裏という言葉を私たちが使う時は、こちらの部分を指している。収納スペースや物干し場がある残りの部分は、その外側ということになる。ペータセン氏から初めて連絡があった時から4ヶ月経った今、ここはようやく独自の空間になりつつある。

中二階を耐火構造にし、床張り板を固定して、野床を敷く。小さなダンスフロアができたので、私は照明をチカチカさせたが、今日はダンは踊ってくれなかった。

ふと気がつくとフレデリックがドアから頭を突き出して、何も言わずに私たちをじっと見つめている。

「おやおや、こんにちは！　建築安全管理局の方ですか？」

私が声を掛けるとドアが大きく開けられ、そこにはペータセン一家が立っていた。次男のイェンスだけは、父親の腕の中にいる。

「子供たちが中を見たがってましてね」

ペータセン氏はそう言うと、イェンスを降ろした。ダンが皆を招き入れる。

「さあ中へ。今何をしてるか見たいかい？」

ダンが言った。イェンスはうなずき、まだできていない子供部屋を指さして言った。

「僕たちそこで寝るんだ」

「そうだ。おじさんたちが作った壁を見てみるか？　この間来た時にはなかっただろう」

今は防火壁ができているから、子供たちの部屋の壁が一枚はあるわけだ。フレデリックは壁の前に行って、不思議そうに見ている。彼らの部屋部分は、床も敷かれている。

子供たちはあたりを見て回り、ダンが石膏の破片で床に絵を描いてみせた。埃は付くが、子供たちもやっていいとお許しが出た。大人たちが改築の進行状況について話している間、二人の小さな建築安全管理官は、床の上で自分なりの施工図を描くことに夢中になっている。

ダンと私はすべてが順調で、スケジュール通りだと伝えた。そしてバスルーム家具や天井の板について話し合った。無垢材も造りつけ家具も、高すぎると思っていましたよ。あなた方のような大工さんが、こういった物まで造れるとは知りませんでした。そうペーターセン夫妻は言った。私はニヤッと笑って、うまくできるかどうか分かりませんけどね、と答える。そしてきっとお気に召しますよ、と付け加えた。お互いに気心が知れてきたので、こうして冗談を交わすことができる。

打ち合わせも終わり、ダンと私は少し後片付けをしたが、今度の月曜日に本格的に整理をすることに決めた。今週は十分に働いたし、防火壁と中二階が完成したことに満足していた。土日に屋根裏が少々散らかっていても問題はないだろう。私たちが来週戻るまで、誰もここに用はないに違いない。

32

朝の挨拶を交わし、また新しい一週間が始まる。ペータセン氏とフレデリックは風邪をひいているので、今日は家で過ごすそうだ。

私たちは午前中を屋根裏の片付けにあてた。廃棄物を路上に出し、多少残っていた細かな作業を終わらせた。

ペータセン家には病人がいるので、今日は外で昼食を取ることにしよう。時々行くベンセ・カフェで、ダンは豚のオーブン焼き［ノルウェーの伝統的な料理の一つ］を、私はミートボールとキャベツのシチューを注文した。

年配の男性の常連客たちがお気に入りの席に座り、スポーツくじや政治の話をしている。ここで働くリーアンはいつものように元気いっぱいで、会話好きの客と気さくに言葉を交わしている。ドアのそばには、一人の男性が静かに座っている。誰も彼の邪魔はしないが、店はきちんと彼にも気を配っている。

近所に住む年配の女性が二人入ってきて、常連客の会話に加わった。街中で若い女性にでも声をかけるように、リーアンが二人に向かって軽口をたたく。ここは私の見つけた、オスロで最も雰囲気の良いカフェだ。

食事とコーヒーを楽しみながら、ダンと仕事や日常生活の話をした。

私はカーリ夫人とペータセン氏には良い印象を持っている。二人とも進んで動いてくれるし、決断力もある。契約書にサインするまでの経緯にしろ、屋根裏のケーブルの整理にしろ、何事も手際がいい。問題が起きたら解決法を考え、その結論を受け入れる。少なくとも私の目にはそう見える。

「何か疑問がある時に、正直に聞いてくれるのは助かる。こっちに仕事のやり方を教えてやる、なんていう態度もないしな。それに子供たちへの接し方や、家族同士で話しているのを見ていると、家族の仲がいいのが伝わってくるんだ」

ダンも同意した。良い人たちだ。

自分たちの望みを知っていて、それを明確に伝えることができ、仕事が気に入ればそれを口に出して言ってくれる、そんな施主のために働くのは楽しい。

私たちは、これからの作業をどう進めるかを話し合った。私はまずバスルームの床に取り掛かりたいのだが、ダンは天井を先に完成すべきだと主張する。天井用の建材が現場にたくさん転がっているので、それを早く使ってしまいたいというのだ。そうすればあちらからこちらへと、無駄に建材を移動させずに済む。私がバスルームの床を優先したいのは、バスルームの製作には多くの工程があるので、早めに作業を進めてしまいたいからだ。スケジュールに余裕をもっておくに越したことはない。だが結局、バスルームは後回しにしても時間は十分にある、という結論に至った。

思いがけず、私の忍耐力のなさが露呈してしまった。反射的に考えが口をついて出てしまったのだ。職人にとって忍耐力は最も重要な素質のひとつであり、そもそも改築は順調に進んでいるのだ。予期していない時、それも大した理由もないような時に、突然焦りが顔を出すのはおかしなものだ。ダンが私を止めてくれて良かった。いつもは逆の立場なのだが。

作業の進め方について話し合い、必要な事をきちんと覚えておくには、二人いてちょうどいい。常に意見が合うわけではないが、議論する時に立場の上下はない。ただし、どちらか一方が反対していても、決定したことには従う。今回のプロジェクトの責任者は私なので、最終的な決定を下すのは私だ。ダンのプロジェクトの時には、彼がそうする。私たちは一つのチームとして働いているが、必ずどちらかがリーダーとしての責任を負う。

建築家などのアカデミックな背景を持つ人々と現場で一緒に作業をすると、仕事の進め方の違いがはっきり分かる。彼らはディベート文化の中で生きていて、結果や結論にさほど重きを置いていないように見える。

建設現場での指示は短く簡潔で、ほとんど命令のように聞こえることもある。アカデミックな人々はあれをやれ、これをやれと素っ気ない指示を受けると違和感を覚え、時には怒り出してしまう。彼らは物を持ちあげている最中に議論を始め、その作業が勉強会に変わってしまうこともある。指示を出す時にもう少しオブラートにくるんだ物言いをすればいいのかもしれないが、いつもそんな時間があるとは限らない。私は彼らと一緒に作業をすると疲れてしまうことが多い。たまに例外もあって、そういう人と働くのは楽しいのだが。

決定事項、あるいは権威に従うことは、従属することと同じではない。たとえば物を持ち上げる作業がそうだ。決定が下されたからには議論は終了であり、誰かが異論を唱えようとも、皆が一体となって行動しなければならない。そこが議論と実行の違いだ。

ダンと私は、腰壁を含めた屋根部分から手を付けることで同意した。作業の手順を確認するために、かつて一緒に行った屋根裏の改築の話をした。真面目な話と、自慢話が入り混じる。釣りの話でもするように自信たっぷりだが、同時に自分たちのやり方には厳しい評価の目を向ける。何か改善できる点はないか、常に考えるのだ。ベンセ・カフェを出た時には、二人とも腰壁と屋根の作業の全体像を把握し、どう取り組んだらいいかが分かっていた。二人の脳裏では同じ映像が再生されているはずだ。

ノルウェーの建築工法を理解する上で、決して忘れてはならない現象がある。冷たい空気より暖かい空気の方が、湿度が高いというものだ。シャワーを浴びた後の浴室の鏡が曇るのを見れば理解できるだろう。鏡の表面は空気を冷やし、空気中の水蒸気が水滴となって鏡に付く。室内の暖かい空気が外の冷たい空気よりも多くの水蒸気を含んでいる場合には、その暖かい空気が屋根や壁を通して戸外に放出される時、冷やされて水滴が発生する。鏡に起こる現象は屋根や壁の中でも発生するのだから、それをうまくコントロールしなければならない。ここでミスが生じると、わずか数年の間で家屋が腐ってしまうこともあり得る。

屋根の外側には、気候の影響から保護してくれる材料を使わなければならない。たとえば屋根にはスレート葺き、外壁にはパネルといったものだ。その内側には、発生した湿気や結露を外部へと追い出す通気層が必要だ。通気層の内側には外気の侵入を抑える建材を、さらにその内側には断熱材の層を入れる。室内側の層は通常ビニール製シートである。さまざまな素材が使われるが、原理はみな同じである。

言うまでもなくこの構造には室内環境が悪くなるリスクがあるが、適切な処置をすれば大きな影響はない。施主によくこの因果関係について聞かれるが、悪天候の日にそれに適した服装をするようなものですよ、と言うとたいてい理解してもらえる。熱力学についての説明よりも分かりやすいからだろう。

屋根には、縦桟木と横桟木の上に新しいスレート瓦が張ってある。この瓦の内側にある防水シートは通気性のあるゴアテックスのジャケットのように、防水や気密層［建物の隙間風や壁の中で発生する気流を防ぐために、外壁・床・天井などに設けた層のこと］の役割を果たす。屋根の外側の部分ができたので、次は天井板を設置し、断熱材を入れ、そこに漆喰を塗る。

物を不正確に造るより、正確に造る方が簡単だ。水平線、垂直線、正しい角度、それに直線があれば、基点［距離や位置などを測る際の基準となる点］を得られる。不正確なものは、調整が効かない。本来は真っすぐになるはずのものを、歪んだ形に造るのは奇妙な話だ。それは合理的ではないのだから。

正確な施工のためには知識や技能が欠かせないが、それは同時に仕事を楽にするものである。仕上げが不十分な建築を見ると、目に見えない部分は大丈夫なのだろうかと思う。断熱化や換気作業はきちんと行われたのか、漏水の可能性はないか。

多くの人は、粗悪な建築の原因は不注意や手抜きだと思っているようだが、私はそうは思わない。最も良くある原因は知識不足、時間的な制約、それに不十分な管理である。その分野に精通していない職人に作業をやらせ、厳しい納期を課し、上司がその作業を確認しなければ、失敗に終わるのは当然である。さらに言語の違いや低価格化といった問題が加われば、完全なカオスだ。

私たちは屋根裏で正しい基点、つまり作業を始めるポイントを決めた。良い大工仕事は水平線、レーザー、それに3―4―5を利用した最初のチョーク線から始まる。作業の最初は一番難しい。かなり先まで見通しを立て、いろいろなことを考慮し、決断を下さねばならないからだ。

何かしら間違いは生じるものだし、それは避けられない。正確を期すためにもう少し時間を掛けるべきか、それとも先に進むべきかを判断するには、培ってきた経験に頼るしかない。ダンと私の最も重要なツールは、互いの信頼関係と二人の性格の違いだ。互いの得手、不得手を相殺し、二人で出し合った案からベストな方法を選ぶ。ある場面では良いと思われた工法が、別の場面では間違っていることもある。ダンと激しく議論を戦わせた日は気分が良く、帰宅した時には、今日は良い仕事をしたなと感じる。ダンがありのままの私を受け入れてくれて、それと同時に自分を偽らずにいてくれるので、私もダンを大切にしている。

ミスは避けた方がよいが、余裕をまったく作らないのは馬鹿げているし、そこまで神経質になる必要もない。ただし不正確な作業も一つだけなら大きな問題にはならないが、複数重なれば深刻なことにもなり得る。親方はかつて、谷間から来た「失敗氏」と農村から来た「失敗氏」がダンスフロアで出会えば喧嘩になるだろう、とよく言っていた。

経験が教える最も役に立つことは、自分には何ができないか、を知ることである。自分ができないことは知りようがないから、それに気付くのは簡単なことではない。いつ手を止めて、それを調べればいいのだろうか？　ネットで検索するのか、他の職人や建築士、あるいは設計士に電話をすればいいのだろうか？

自分の限界を認めるのは職人にとって最も重要なことだが、これについては実際に作業をしながら学んでいくしかない。弟子に口頭で教えることはできるが、その弟子も結局は時間をかけ経験を積みながら実感していくのだ。失敗することは、自分の限界を知るためにも大事だ。良い職場とは、失敗を許してくれて、しかもその失敗が大きくなりすぎないように、うまくカバーしてくれるようなところだろう。

腕のいい職人は、常に強い自信と不安とを同時に抱えている。その矛盾があるからこそ、彼らは一流の専門家なのだ。自分の能力に対する信頼は、絶えず湧いてくるさまざまな疑心暗鬼と表裏一体だ。経験があるからこそ疑問が生じ、それが自分にはできない事柄をしまってある、心の小部屋への扉を開く。

親方はいつも、歪んだ物を造るのは自分に自信がありすぎるか、必要なだけの不安を持たない職人なのだと言っていた。議論をしている時の親方は花崗岩の塊のように堅固で、私は破片を一つか二つ削り取るくらいが関の山だった。彼が特に得意としていたのは、自分自身と議論を交わすことだった。親方が誰よりも厳しかったのは自分自身に対してだったのだが、私がそれを理解できたのはかなり後になってからだった。花崗岩の塊のように、安心して寄りかかることのできる人だった。

34

今や床は水平になっているので、基点として使うことができる。棟の中心線も、もう一つの基点として利用する。この中心線の真下でレーザー墨出し器を使い、棟の両端で中心点を見つける。チョークラインでその二点の間に線を引き、棟の中心線を床の上に引く。さらにそこから腰壁になる予定の位置まで測り、棟の中心線と平行に線を描く。ここに壁を造るのだ。反対側の壁はバスルームの中に造るのだが、それにはまだ手をつけないでおく。

今回のような改築では、腰壁には特別注意を払う必要がある。風通しがよく吹き抜け状態だった屋根裏は、これから壁と天井板に囲まれた空間になる。腰壁の部分は垂木と野地板に接するため、カビやむれ腐れ［木材の中の水分が木材を痛めて粉末状やスポンジ状にしていくこと］が発生しやすい。カビだけでも困るが、むれ腐れが発生したら大惨事だ。最悪の場合は微生物の温床になり、そうなると損傷は確実に起こる。むしろいつ起こるかの問題だ。

湿気が浸透するのを防ぐため、壁の気密層及び防湿層は密閉性を高くしなければならない。それと同時に十分な換気も確保する必要があるので、断熱層［柱間あるいは躯体外側に断熱材が施工されている層］と煉瓦壁の間を通常の5センチではなく、10センチ離した。壁に新鮮な空気を入れる方法は単純である。専門の職人に煉瓦壁にコアドリル［ブロック・レンガ・モルタルなどのコアに振動と回転を与え壁に穿孔するドリル］で穿孔《せんこう》をしてもらうのだ。穿孔作業は、やりやすい家屋の内側から行う。

こうして通気口を開けることで、壁の防湿層の換気を行うことができる。さらに壁の外側で高所作業車に乗り、穴を覆う格子をつける必要があるが、それは急ぐわけではないので、雪が解けた後、他の作業で高所作業車を使う時に合わせてやってもらうことにする。

この腰壁の換気のために穴を開ける作業について、プロジェクトの仕様書に入れ忘れていたことに気が付いた。必要だと分かっていたのに、確認を怠ってしまったのだ。費用は施主に負担してほしいのだが、この件を伝えるとペータセン氏はやや不機嫌になり、すぐには納得できないようだった。だがこの件は、どうするのかを早く決めなければならない。それについては彼も同意し、すぐに建築士に連絡して相談すると言った。

ダンと私は作業を続けた。少々計画を変更し、後で換気口の工事のために開けられるように壁を組みたて、それから工事中に雨などが入らないようにひとまず密閉した。そのついでに、屋外の冷気を屋内に呼び込むいわゆる「冷橋《れいきょう》」を防ぐため、煉瓦壁と接する屋根裏の床下に、丁寧に断熱材を入れた。壁の間柱は床のスチールトラック［細長いレールのような形状の鋼鉄］にはめ込み、上の垂木にしっかりと留める。既存の壁は天井板を設置する作業の基点にする。

　この壁の各端で野地板から30センチの箇所を計測し、間柱に印を付ける。そうすると、天井の厚みと断熱材を入れるスペースができる。屋根が歪んでいるので、付けた2つの印を結ぶ先が床に水平になるように調整する。チョークを使って、壁の長さ全体にわたってすべての間柱上に線を引く。それが天井板と壁の接点となる。現在は水平・垂直が完全に保たれている状態だ。

　腰壁の枠に付けた線に沿って、折り曲げ可能な帯鋼［鋼塊を圧延して帯状にした鋼板］を設置する。これで、屋根と壁が接触するコーナーに釘帯［帯鋼に釘がついていて、壁にそのまま打ち付けられる状態のもの］が付いた。中心に穿孔を施した帯鋼の幅は10センチで、どんな角度にも自在に曲げられる。これでコーナーはひび割れることもなく、しっかりと安定する。この釘帯は屋根に対する敷居のようなもので、簡単に何かをその上に造り付けることができる。

　屋根には36度の傾斜角度がある。作業は妻壁の側から始めるほうがいい。腰壁の釘帯を基点に2×4材を壁に取り付け、その後水平器で36度の角度を測る。部屋の反対側にある防火壁も同様にする。2×4材に縦1センチ間隔で紐を付け、紐に合わせて釘帯を上下に調整すると、矢のように真っすぐになる。現在、天井板の境界は帯鋼と2本の2×4材で固定され、目印になっている。これで月曜日には、すぐに作業に取り掛かることができるだろう。

週末を前に私たちは作業を終わらせ、ダンは家に帰った。私はペータセン一家と一緒に、これまでの改築作業をざっと点検した。今日はカーリ夫人の父親が一緒に来ている。一家はコーヒーとデニッシュを屋根裏に持ってきてくれた。カーリ夫人の父親とは初対面だが、夫人によれば、ずいぶん前から見に来たがっていたのだという。君たちの仕事ぶりはいい感じだ、と彼は言った。それは彼なりの誉め言葉らしい。作業工程の写真を見せると、階段用の開口部を開けるのに、埃などで一家を煩わせなかったことを評価してくれた。

今後の作業についてしばらく話し、バスルームの床や壁、防水シート等の詳細についてもいろいろと聞かれた。私は腰壁の換気用の穴について忘れていたことを、改めて夫妻に謝った。二人は、私には管理すべきことが多いので、何か抜け落ちてしまうことがあっても仕方がないと言ってくれた。こうした工事の際、把握しなければならない事がこれほどたくさんあるとは知らなかったとも。また結局、穿孔作業の費用もなんとかしてもらえることになった。

イェンスとフレデリックは走り回って、そこらの道具や建材を眺めている。彼らはハンマーや他の道具を使うことを許されるようになった。木材の切れ端の上に何かを描いたり、ハンマーで叩いたりし、何を作るか話し合っている。

「お船がいい」イェンスが言った。片方の端が出っぱっている切れ端を手にしている。その上に操舵室として小さな角材を置くと、私たち大人にも彼がどうしたいのかが分かった。フレデリックがハンマーを使い、祖父に手伝ってもらいながら釘で角材をくっつけた。私は子供部屋になる予定の辺りなら床にお絵描きをしてもいいよ、と言った。二人はここにはベッド、ここには揺り木馬と、想像しながら鉛筆で絵を描いていく。

こうして一家とのミーティングは終わった。彼らはもうしばらくそこに残り、私は屋根裏を後にした。

35

のんびりした週末を過ごした後、月曜に起きたのは目覚まし時計が鳴った30分後だった。休日気分が一気に吹き飛んだ。寝坊の習慣はなんとかしなければ。春があちらこちらに顔を出しているのに、長い冬の影響がまだ身体から抜けない。

ペータセン一家にいつもの月曜日の挨拶をする。私が部屋に入ると、子供たちは大声を上げて、リビングの床の真ん中においてある船を見せようとした。船にはマストと帆がついている。お祖父さんに手伝ってもらったようだ。子供たちによると、春にはその船を別荘の近くの湖に浮かべるのだという。

「新しいバスルームができたら、バスタブにも浮かべてみたらいい」と私は言った。

彼らは良い考えだと思ったようだ。お風呂や船の話で盛り上がっている一家を後に、私は屋根裏に上がった。

私とダンは屋根の作業を再開した。屋根の最上部、棟の近くに胴縁《どうぶち》［壁にボードや合板などを取り付けるために用いる下地］用の一時的な装置を造る。装置の端から端まで紐を張って、胴縁を調整する。屋根板の上端から下端まで届く、特別に長い2×4材を注文しておいてよかった。まとめて持ち上げ、各部を接続した。こうして垂木の間でぶら下がる吊り天井ができた。

床の上に引いた棟の線を一番上の胴縁に写し、線に沿ってメタルコーナーブレース［L字型の金属製の接続部品］を取り付け、こうして屋根内側の棟部分の胴縁が完成する。この新しい内側の棟が、もう一方の屋根表面の吊り天井の起点になる。

私たちは何年か掛けて、この吊り天井の工法を編み出した。自分たち以外にこのやり方をしている職人は知らない。それは階段の開口部についても同様で、ある意味私たちのしている事は全部そうだ。部分的には他の職人から教わった面もあるが、ダンと私でさらに発展させたのだ。この手のことにマニュアルや決まったやり方などといったものはないから、大工が自分で編み出していかなくてはならない。もし私たちより優れた工法を持っている職人がいたら、私は喜んでそれを取り入れるだろう。

私には自分の培った経験がある。他人から学ぶのは大切だが、経験は私個人のものであり、もはや私の人格の一部でもある。もし生まれ変わるなら、偉人などではなく、自分の

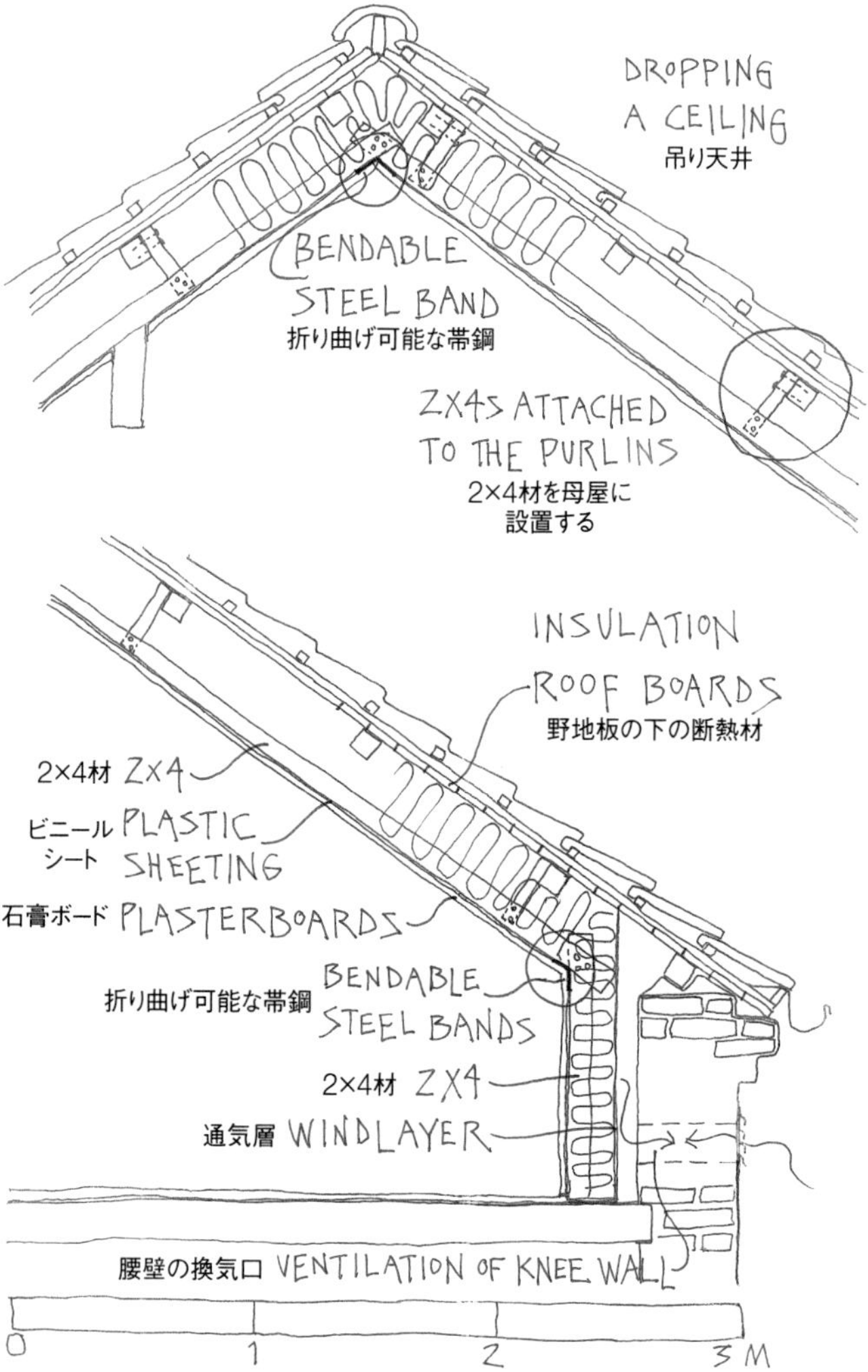
DROPPING A CEILING
吊り天井
BENDABLE STEEL BAND
折り曲げ可能な帯鋼
2X4S ATTACHED TO THE PURLINS
2×4材を母屋に
設置する
INSULATION ROOF BOARDS
野地板の下の断熱材
2×4材 2X4
ビニール PLASTIC
シート SHEETING
石膏ボード PLASTERBOARDS
折り曲げ可能な帯鋼 BENDABLE STEEL BANDS
2×4材 2X4
通気層 WINDLAYER
腰壁の換気口 VENTILATION OF KNEE WALL
0
1
2
3M

経験を持ったまま、何度でも職人として生まれ変わりたいと思う。ただし、毎回新しい腰が欲しいものだ。

屋根を造る作業がどれほど複雑なのかは、使用する道具を紹介すればお分かりいただけるだろう。測定には水平器、レーザー墨出し器、レーザー距離計、メジャー、折尺《おりじゃく》［折り畳み式の携帯用物差し］、スコヤ［平型直角定規］、チョークライン［チョークの粉を使ったラインを引くための道具］、紐、直尺《ちょくじゃく》［まっすぐな定規や物差し］、そして鉛筆を使う。

測定、計算、それに精度というものは、メタファーとして人生にも当てはめられるかもしれない。必要以上に精度を追い求めるのはどうかと思うが、適当にやっつけた仕事が歪んでいるのはやはり問題だろう。精度のレベルは専門分野によっても異なる。金属細工師は百分の一ミリメートル、あるいはそれ以下の世界で仕事をしているが、私が使う単位はミリメートルまたはセンチメートルだ。どちらかと言えば、煉瓦工の許容範囲は大工のそれより少し大きい。それに、求められる精度は状況によっても変わる。作業の工程によって、異なる精度が必要なのだ。

職人の世界での精度とは絶対的な教義ではなく、必需品なのだ。少々困った考え方をしている職人にも何人か出会ったことがある。彼らは精度を求められると、自由裁量の余地が奪われたと感じる。自分には特別豊かで自由な感性があると思っていて、いわゆる職人の習慣に従うことは権威にひれ伏し、権力に屈するのと同じだと思っているのだ。そしてノルウェーのことわざにあるように、すべての材料をソースに入れてぐちゃぐちゃにしてしまう。こうした職人は状況に応じて即興で作業するのを自由と考えているが、私から見ればそれは自分勝手でしかない。だから彼らは、決して腕の良い職人にはなれない。

ところでソースのことわざは、もちろん料理の世界から来ているのだろう。プロの厨房で基本的なことをおろそかにしたら、大失敗につながる。調理とは技術やルールが特に重んじられる仕事であり、一流のコックは厳格な専門家だ。コックに少々変人が多いからといって、惑わされてはいけない。

職人仕事における厳密さから少々逸脱しようと思ったら、まずは何が正しいかを知る必要がある。そうでなければ、何もかもがくじ引きのように偶然の産物になってしまうだろう。

36

もう少しで建材の束が無くなるが、それは良いことだ。バラバラの木材から別の形へ、つまり建築物へと変わっているということだ。ペータセン氏が初めて電話で連絡をしてきたのは去年の11月上旬だが、3月下旬の今、屋根裏はすっかり様変わりしている。外では小鳥がさえずり始めた。冬の間、寒さが厳しいとすぐにできていたあかぎれも、今はほぼ治っている。春はもうすぐだ。

建材が足りなくなってきているので、新しいものを買い足さなくてはならない。バスルームの側では吊り天井の建材が不足しているが、屋根の枠組や腰壁の各部分といった、重要な箇所を造るには十分だ。

小さな胴縁を付けなければならない箇所がたくさんあるが、そこには残り材、つまり腰壁や吊り天井を造って残った分の短い端材を使う。それらを無駄にすると経費がかさむばかりでなく、後で処分しなければならない廃棄物が増えてしまう。

賢くやりくりすれば建材を無駄にしないで済み、何メートル分もの建材の経費が浮く。それは環境や資源のため、私たちにできる最大の貢献だ。これが夢のワンシーンだったら、笑顔を浮かべた巨大な豚の貯金箱に、コインの代わりに端材を入れているだろう。夢の中でも環境に配慮し、この豚は放し飼い《フリー・レンジ》にすることにしよう。

腰壁の換気対策案が通り、ペータセン氏が費用を払ってくれることになった。揉め事もなく、万事手配してもらえたので助かった。だが腰壁に開ける穴の大きさ、数、位置等の詳細を建築士に書いてもらってメールで送って欲しいと頼んだ時は、電話越しに彼がため息をつくのが聞こえてきた。だがこれが現在の建築業界のスタイルなのだ。用心のため、書面による確認が必要なのである。ペータセン氏をわずらわせるより他はない。

私はユッカに電話し、ドリル作業を依頼してあった。彼はいつでも大丈夫と言ってくれた。実は、腰壁の問題が発生してすぐ後に電話したのである。ユッカは大きな建設会社に勤めているが、私はたまに、彼に直接仕事の依頼をする。さまざまな会社の人々と良い協力関係があれば、物事はスムーズに動く。時々、彼らは私のような個人の業者に共感してくれているのではないかと思う時がある。だから何かの折には助けてくれるのだ。

ユッカは現場で大きなヒルティ製のドリルを取り出したが、作業開始後まもなくビットが引っかかって壊れてしまった。新しいのを取りに行かなければならず、午前中の大部分は移動で潰れた。私が依頼した作業は完成したが、他からも依頼を受けていたので、結局彼には長い一日になりそうだ。彼はフィンランド系スウェーデン語［フィンランドの一部にはスウェーデン語を母国語としている人々がいる。彼の話す発音の特徴的なスウェーデン語のこと］で悪態をついていたが、実際には上機嫌なのだ。

私は気密シートを確認し、腰壁に断熱材を入れる準備をする。

金曜の朝、配管工事をしに来るのはトマスだ。腕の良い配管工で、周りに配慮もできる気のいい男だ。彼はなぜか、しょっちゅう——主に仕事以外の日に——事故に遭う。普段自分では使わない大工道具を休日に試した挙句に、絆創膏を貼り、包帯を巻きつけた姿で現場に現れたこともある。道具というのは、たとえば大工の使う電動かんなだ。配管工と電動かんなとは、どう考えても違和感のある組み合わせだ。

必要な解体や穿孔は済んでいるので、トマスはすぐにシャワーの排水やトイレの下水の配管作業に取り掛かることができる。

主な下水管、汚水管には何らかの換気の仕組みが必要だ。トイレの流水は、排水トラップが設けられた下水管を通じて流れていくが、これがないと悪臭がアパートメントに広がってしまう。そして換気用の排気口を屋根の上に設置すれば、悪臭は風で遠くに飛んでいく。後日、排気口の上にはベントカバーを設置する。トマスがこれらの作業を終えたら、私とダンはバスルームの作業に取り掛かる。

バスルームを造る作業は多くの工程に分かれ、複数の分野の職人が関わる。大工、配管工、電気工、煉瓦工、塗装工、防水シートを敷設するシート貼り職人などだ。それぞれの仕事を、一連の工程として順序良く行わなければならない。新しいバスルームを造る費用は約25万クローネだ。だが改築作業の一環である床、屋根、壁の作業も行うので、実際にはさらに多くの経費が掛かる。

職人の間でよく話題に上るのは、バスルームを造る際に無理な注文を付けてくる施主だ。今回と同じようなバスルームを14万クローネの予算で造れといわれたら、とてもまともなものはできない。足りない11万クローネはどうやって節約するのだろう。建材か、または職人の報酬だろうか。

床を防水するには、排水管の内側で、防水シートをリングで締めなければならない。ヨハネスが以前、排水管の外に防水シートを設置してしまったがゆえに、新しいバスルームを解体して再び造り直す羽目に陥った時の話をしてくれた。だがこれは、人が思うほど珍しい話ではない。

ペータセン家のバスルームでは、洗面台、洗濯機、そしてシャワーの排水管を、特殊な絶縁材層から成る防水シートの上に設置して漏水を防ぐ。セメント用のスチールメッシュを排水管の上に置き、床暖房用のケーブルをスチールメッシュに付着させる。その状態でセメントを流すと、ケーブルはセメントの中に入り、暖房は床にまんべんなく行き渡る。

タイルを敷いた床には傾斜をつける。シャワーの水は専用の排水管に流れるが、床のそれ以外の部分は主排水口に向かって傾斜している。人々がバスルームの排水が良くないと文句を言う時には、たいていはこの主排水口を指している。水が流れずに、水たまりができてしまうのだ。

金曜日には二回目の建材搬入を行った。再びスヴェンがやって来て、運転手兼クレーン車の操作をしてくれる。オーレとボドも予定通り現れ、ダンも参加して皆で建材を無事に運び込んだ。

今回は屋根や壁の断熱材も搬入したので、前回に比べて搬入物の体積が大きい。断熱材は収納スペース側の繋ぎ小梁や、他の空いている場所に置く。耐水性ボード、石膏ボード、留め具、接着剤、グラウト材、それにビニールシート。大きな物も小さな物もある。ヨハネスがバスルームに使うモルタルやタイル、タイル接着剤も入っている。床のモルタルの重量は1・2トン程度で、25キロの袋50個分だ。もしクレーン車がなければ階段を50往復していたはずであり、接着剤やタイルの搬入も考えればさらにその倍は必要だろう。クレーン車による搬入は、それだけの価値があるのだ。

今回は廃棄物を分別しないで、すべて一つのコンテナに入れることにした。それぞれ半分程度の量にしかならないコンテナ二つに分けるよりも、その方が安い。さらに容量に余裕があるので、ペータセン一家も自分たちの粗大ゴミを入れることになった。ペータセン氏は不要品を処分するために、早めに帰宅した。ボドの手を借りて、ソファやいくつかの粗大ごみを廃棄する。

室内の既に作業の終わった部分や、搬入した新しい建材を見ると、自分たちの作業が軌道に乗っているのが分かる。私たちは互いの労をねぎらい、背中を叩き合った。

今日はちょっと豪華なコーヒータイムにしよう。私はオーセン通りのパン屋に立ち寄って、シナモンロールとクリームパンを買ってくる。トマスには、ご所望のナポレオンパイ

［ミルフィーユの間にカスタードクリームをはさんだパイ］をハンセン・ベーカリーで買った。これだけの職人が集まることは滅多にない上に、今日は金曜日なので、何だかパーティー気分だ。ペータセン氏がコーヒーを淹れてくれる。搬入が終わった後、皆で建材の束に座って、コーヒータイムを楽しんだ。私が屋根の穴を覆うと、今週の作業が終了した。事務作業がないので、今度の土日は久しぶりに完全な休日だ。

土曜日にはオーレと一緒にフールムランド地域［ノルウェーのドランメンフィヨルドとオスロフィヨルドに挟まれた半島］に出かけ、ブラウントラウト［サケ目サケ科に属する魚。別名茶マス］釣りをする。天気予報によると晴れて風のない一日らしく、今年初めての本格的な釣りになりそうだ。二人とも年明けに短時間の釣りに行ったが、本当の春のシーズンはこれからだ。だからといって、魚がよく食いつく訳ではないが。

オーレは常に、自分が今釣り糸を垂らしている場所より別の場所の方がいいと考える。そのためしょっちゅう場所を変え、時には足場の悪いところまで移動する。今回オーレは、立っていた石から足を踏み外し、ウェーダー［釣りの時に着用するゴム製の胴衣］が水でいっぱいになってしまった。氷のような冷たい水の溢れるウェーダーを着ている奴など見たことがない。寒さのあまり、オーレは陸に上がったトラウトのように口をパクパクさせている。ウェーダーの水を空にしてから、オーレは残りのコーヒーを飲み干した。

帰りの車の中で私はずっと笑い通しだった。何も釣れなかったが、釣りにまつわるバカ話としては上出来だ。

37

月曜日の朝、ペータセン一家と挨拶を交わす。釣りのおかげですっかりリフレッシュできたので、良い一週間のスタートだ。今朝は今年初めて、作業現場まで自転車に乗ってきた。初めのうちはトーショヴまでの上り坂が長く感じるが、そのうち慣れるだろう。

自転車のシーズンの間は、今日は自転車で行くか車にするか、仕事の段取りも考えなければならない。現場で車が必要になると予め分かっていたら、その日は車を使う。自転車に乗ると、車や公共交通機関では得られない自由な感覚が味わえる。現場から帰る時も、作業用バンで帰る時よりも、その日の労働が終わったという実感がある。

腰壁に沿って造られた長方形のバスルームの広さは約10平方メートルだ。片側には妻壁に沿ってバスタブを設置し、反対側にはトイレとシャワーが入る。腰壁の前には洗濯機や洗濯乾燥機を置く台を入れる。バスルーム用ベンチの下には小さい収納ができ、部屋に面した壁にはドアや洗面台がくる。

木片合板が敷かれた床には、ダンと私がバスルームの中で作業ができるようなスペースができている。現在バスルームは独立した部屋になっているので、今後はバスルーム以外の作業現場を屋根裏と呼ぶ。

今造っているのは、吊り天井や壁の骨組みだ。床の防水シートは壁の上、床上20センチの位置まで貼ってある。その後防水シート層と重ねて、セメントの床まで耐水性ボードを貼る。翌日に来る予定のシート貼り職人が作業を開始できるよう、準備が整った。

改築作業もこの段階まで来ると、表に見える部分の細かい作業がたくさん発生する。バスルームまわりや、小さな胴縁張りなど、細々とした仕事は木曜日までかかるだろう。私たちは落ち着いて、ゆっくりとしたペースで作業を続ける。私の忍耐力は、今や聖人並みだ。ダンについては言うまでもない。二人とも近い距離で作業するので、話をしながら手を動かす。いつまでも終わらない些末な作業にイラついたりさえしなければ、リラックスした一週間になるだろう。

金曜日、ダンは家で事務作業をしている。防水シートを貼るのに使う接着剤のきつい匂いは、あまり吸い込まない方がいいので、現場から離れるのは正解だ。私自身は、朝作業現場に行き、シート貼り職人に手順を説明した。その後、階段の寸法を計測しに来た階段職人を案内した。シート貼り職人の準備に少々時間が掛かったので、接着剤の匂いが強くなる前の時間をうまく利用できた。

昨日帰る前に、ダンと一緒に内階段開口部を覆う合板を外しておいたので、今朝は断熱材を取り出し、アパートメントの天井の穴を覆うのに使った石膏ボードも外した。階段職人は下のアパートメントの側から、部屋の床から屋根裏の床までの高さを測り、ミリメートル単位で寸法を取る。再び石膏ボードと断熱材を戻すと、階段職人の助けを借りて、穴を合板で覆う。

接着剤の匂いを避けるため、私も一旦家に帰ることにする。

その日のうちに再び屋根裏に行き、バスルームの床を水で満たし、防水シートのテストを行った。水を入れる前に排水管の中に一種の風船を入れて膨らませ、排水を止めておく。そしてホースでアパートメントのシャワーから水を引いてくると、じきにバスルームの床が小さなプールのようになった。10〜15センチ高さになった水は一晩そのままにしておき、完全に密閉しているかを確かめる。

ペータセン夫妻が水で溢れるバスルームの床を見に来て、床の耐水テストがしっかり行われている様子を確認した。

土曜日の午後、バスルームの様子を見るために屋根裏に立ち寄った。予想通り、水が漏れた形跡は一切ない。風船を外して水を抜き、バスルームの床を空にした。

38

賭けてみなけりゃ、当たりもないさ！　親方はくじが大好きだったので、月曜日の朝、たまに挨拶がわりにこんなことを言っていた。私も今では、時々それを真似している。

火曜日にはビョーン・オーラヴが床下暖房のケーブルを設置し、水曜日にはヨハネスが床にセメントを流す。それが終わるまでバスルームでの大工作業はしない。防水シートや暖房用のケーブルを傷つけるリスクを避けたいからだ。

ダンは週末スキーに行き、膝を捻挫してしまった。だが軽い作業ならできる程度の軽傷だ。今私たちがやっているのは最後の胴縁の補充である。細かい手先の作業なので、足を少々怪我していても問題ない。私が高い所での複雑な作業を引き受け、ダンは低い所で作業をする。こわばった膝で動き回るダンを、私は「ロン・ダン・シルヴァー」［イギリスのポルノ俳優ロン・ドン・シルヴァーとかけている］と呼び、皆も一日中「足が一本でも二本でも大して変わりないな」とからかっていた。

ベルックス製の天窓には、仕上げ用の枠材もオプションで付けられる。私はこの手の内張りがあまり好きではなく、都会ではあまり発注する施主もいない。特徴のない白い表面と曖昧な角のせいで、学校の建物のように見えてしまう。おまけに、内張りが天井と交わる所に廻り縁がついている。私は廻り縁ではなく石膏ボードを使った明確なラインの方が好きだ。屋根裏には梁、勾配屋根、コーナー、煉瓦壁など視覚的にインパクトの強いものが多いので、シンプルなものが一番だ。結局、内張りは石膏で造ることになったが、私の好みに合わせてこうなったわけではない。ペータセン夫妻が決めたのだ。

建築のスタイルは、都会から郊外へ20分車を走らせるだけで大きく様変わりする。さらに離れると、その違いはもっと際立つ。たとえばオスロの中心部から離れれば離れるほど、ベルックスの内張りキットを使った家が増えてくる。木製ボードを模倣したＭＤＦボード［木材を繊維状にほぐし、ボードに成型した「繊維板」の一種］や天井板は、地方で人気がある。都心では塗装された石膏ボードが好まれるが、地方では地味だと思われる。

違いの原因はさまざまである。金額はもちろん重要な要素だ。都心部を離れれば住宅の値段は比較的安くなる。既製品より職人の造る内装の方が高いが、都心に住む人々の方が、お金の掛かった高級アパートメントに、もう少し余分なお金を費やす傾向がある。建築業界の事情もある。都心部では地方より数多くの施主、そしてさまざまなタイプの施主がいる。また職人の数も多いので、各職人の持つ専門知識も幅広くなり、彼らの能力や提供するサービスは、職人の数の少ない農村よりも多岐に渡ることになる。

また消費者の好みも大きい。都心部では高学歴の、いわゆる文化資本を持った人々が多い。彼らは味気ない住まいを好まないし、MDFボードは野暮ったいと考えている。それには矛盾するが、むき出しの塗装石膏ボードは、オスロの白いオペラハウス［2008年にオープンしたノルウェー国立オペラ劇場。観光名所の一つになっている］から1～2駅程度しか離れていない地域内に住む人々からは、地味なものと見なされている。

個人的には石膏ボードの方が好みだが、MDFボードを優先する人々の選択も理解できる。今はトイエン地区に住んでいるが、私も地方から移り住んだ身だからだ。そういった意味では二つの文化の間に板ばさみになっているといえるかもしれない。ともあれ私は大工として質の高い仕事をしたいし、どんな趣味であれ、その対価として報酬を支払ってくれる人々には好意を持っている。住まいに関して最も大事な点は、そこに住む人々がリラックスして、居心地良く感じられることだ。

窓の内張りの胴縁を入れるのは、それほど簡単ではない。断熱材の入っている天井はかなり分厚く、窓の内張りには奥行きがある。内張りの側面に斜角をつけることで内部の開口部の幅を広げ、日差しが多く入るようにする。この内張りは窓の上の部分は水平に、下の部分は垂直になっている。完成した窓は、昔の城壁の銃眼に似た形になった。

石膏ボードを内張りの角度に合わせて切る。その型板を内張りの溝に嵌めると、型板にあわせて胴縁を入れることができる。このように一つの窓で作業をすることにより、窓全部の内張りの角度を揃えることができる。

内張りは見栄えが良くなければならないが、その一方で窓の周囲には断熱材を入れる必要がある。だが窓枠の両側が斜めになっているため、そのスペースがあまりない。これを相殺するために、胴縁に折り曲げ可能な帯鋼を設置する。場所を取らず、手順も明確なので素早く進められる。

この手の細かい作業は時間が掛かる。施主からすれば、私たちが手を止めているように見えるかもしれない。ダンはジリジリしていて、さっさと次の工程に進みたがっている。細かいことは後回しにして、まず目立つ大きな作業から済ませたい性分なのだ。作業がスムーズに進む限りは、どのような順番でやるかは大した違いはない。私は細かい作業が発生する度にさっさとやってしまう方がいいと考えている。ちまちまとした手作業を長々と続けることは少々退屈なので、分散させた方がいい。

基本的に施主は現場にはいないので、私たちが働いているところは見ていない。だから時間の掛かる作業について、必要があってのことだと理解してもらえないこともある。職人が仕事をしていないように見えたら、施主は騙されたように感じるだろう。だから私はいつも、施主には進捗状況を逐一伝え、今行っている作業がどれだけ大変で面倒なものか、少々大げさに語ってみせることにしている。

報酬が時給ベースの場合、こちらが懸命に働いていることを施主に理解してもらうのはなおのこと重要である。私のやった作業を見なかった、あるいは理解できなかった施主と揉めたこともあった。そういう場合はどんな金額の請求書であっても、不当に高いと思われてしまう。施主が理解できるように十分な説明をしなかったことで、私が責めを負うべきだろうか。そうかもしれない。だが、相手があまり知識のない事柄について理解してもらうのは、それほど簡単ではない。

今回の仕事の間、ペータセン夫妻は頻繁に質問をし、問題があれば慎重に解決方法を検討した。必要とあらば決断を下すこともためらわず、今やっている作業を見せたいと伝えれば、毎回上がってきて見てくれた。だから彼らは、いつも正しく状況を把握してくれていたと思う。

ペータセン夫妻が、建築士のヘーロウセンと一緒に屋根裏にやってきた。これまでの工事がきちんと行われているか、専門家の目で確認してもらうためだ。大歓迎だ、と私は夫婦には伝えておいた。これまでにヘーロウセンとは何度も電話で話し、進行状況については随時報告している。私とペータセン夫妻の双方と話したヘーロウセンは、自分が行く必要はないだろうと言った。現場に来ると報酬を時間単位で請求することになるので、進行が順調ならば無駄な費用になってしまうからだと。それでもペータセン夫妻は念のため、彼に来てもらうことにした。

ヘーロウセンと私は屋根裏を見て回り、写真を見ながら話し合った。夫妻は私たちの話に耳を傾け、時折質問を投げかける。柱や梁、バスルーム、それに腰壁の仕上げに関しては特に念入りにチェックした。こういった箇所の表から見えない部分に何か瑕疵があると、重大な結果を招きかねない。ここでは作業中に撮った写真が大変役に立った。

ヘーロウセンから当初の設計図を受け取ってから、いくつか作業内容が変わっているので、バスルームの家具、バスルーム天井のポプラ材のボード、中二階に置くイケア製のクローゼットのことなど、変更点を簡単に説明した。ヘーロウセンは問題ないだろうという。残っている工程はまだ長いが、作業は計画通りに進んでいる。これまでに多くの建築現場を見てきているヘーロウセンは、この仕事はうまくいきそうだと言った。これで建築士からのお墨付きが得られた。私たちの仕事は正しい方向に向かっている。

ペータセン夫妻も安心したようだ。私にとっては、これはマーケティングにもなる。ヘーロウセンは今回の改築を自分の目で確認して、もし気に入ったら、今後別の仕事が発生した時に私たちを推薦してくれるかもしれない。

39

私とダンが胴縁の作業をしている間、電気工のビョーン・オーラヴはバスルームの床に暖房用のケーブルを埋設していた。それが終わると、天井に電気ケーブルの管を設置する作業に移る。管の中には既にケーブルが入っている。吊り天井の2×4材の上に管を置き、ブラブラと垂れ下がったりしないように留める。

壁あるいは天井の電気ケーブルの設置場所が戸外の冷気に近すぎると、管内の空気が冷えて湿気が発生し、配電盤に水滴が入り込む可能性がある。今回は管の外側の絶縁材が厚いので、この屋根裏ではそんなことは起きないだろう。

照明その他のコンセントを設置する箇所すべてに、ビョーン・オーラヴは各管を束ねる接続箱を設置した。彼はあらゆる回路網、さらにそこから繋がる電気回路も管理しなければならない。電気設備に関する規定は非常に複雑なのだ。

私はいつも、電気工の仕事にはプラスとマイナスしかないから簡単でいいなと軽口を叩く。実際には彼らの仕事はそれほど単純ではないが、電気工が作業をすると配線の切れ端があたりに散らばってしょうがないので、多少からかってもバチは当たらないだろう。電気工の基本研修では、片付けは教わらないに違いないというのが私の持論だ。

ペータセン夫妻は延長コードがいらないように、コンセントを十分に作ってほしいと言った。知人からそうアドバイスを受けたのだそうだ。またアパートメントにあるケーブルもすべて引き直してほしいと言っている。完成したら、この家の電気設備は最新式のものになるだろう。

水曜日にはヨハネスと弟子のグスタウが、自前の電動小型セメントミキサーを持ってきた。重量はあるが、二人がかりで何とか運んできたようだ。ヨハネスは自分たちの使う建材が既に搬入されていると分かって喜んでいる。だが、もし搬入されていなかったら大部分を運ぶことになるのはグスタウだっただろうから、彼が一番喜んでいるだろう。

職人の世界で、最も肉体的にきついのが煉瓦工と大工のどちらなのかは分からない。しかし、物を持ち上げたり運んだりすることが多い煉瓦工の仕事が過酷なのは確かだろう。煉瓦工は大工の兄弟分であり、次に近いのは板金工だろうか。私たちの職業には長い伝統があり、共通点も多い。

電動小型セメントミキサーは、小規模の作業現場では重宝されている。このミキサーはモルタルをしっかりと混ぜてくれる。ここが重要なポイントだ。モルタルの袋に水を注ぎ、モルタルが湿ったらそれで十分に混合されたと思い込んで、バスルームを造ってしまい、悲惨な結果に終わることも少なくない。

水とモルタルの割合を間違えても大失敗だ。さらに温度も考慮しなければならない。モルタルはあっという間に硬くなるので、床に流す場合モルタルが壁の方まではみ出してしまったら、そのまま固まってしまうこともある。1袋の分量には誤差があるので、計量バケツを使えば完璧なセメントができるという保証はない。モルタルが正しく混ざっているかどうかは、自分の目で確認するしかないのだ。

失敗がいくつも重なると、重大な欠陥になってしまう。モルタルの混合は時間をかけ、高い授業料を支払って身に付ける技術の一例だ。煉瓦工はソースを作るコックと同様に、化学にも取り組んでいるのだ。

ヨハネスは排水口の方に床を傾斜させ、シャワーの下の部分にタイルの厚み一枚分、より低い窪みをつくる。弟子のグスタウは傍で見学している。ヨハネスがセメントの中の金網を適切な位置に収まるように調整しながら引き上げると、金網の上に設置されている暖房ケーブルがセメントの真ん中に入った。セメントを暖める暖房が効果を発揮するためには、その点が重要なのだ。また、セメントはきちんと充填しなければならない。空気溜まりができたら暖房ケーブルが熱くなりすぎ、故障する恐れがある。

モルタルが充分に固まるように、しかし乾燥の進みが早くなりすぎないように、ヨハネスがビニールシートを床に被せた。明日私たちは床に水を流してセメントを湿らし、再びビニールシートを被せる。

40

木曜日の朝、屋根に3つのベントカバーを設置するために、高所作業車をレンタルしてきた。屋根の内側に断熱材を入れて塞ぐ前に、この作業をしておかねばならない。

私が高所作業車を取りにいっている間に、ダンは屋内からベントカバー用の穴を空けていた。彼は野地板を切り取り、私が戻るまで残りの作業には手を付けないでおく。屋根の縦桟木と横桟木の上には屋根瓦が載っているが、下の野地板を取り除けば容易に取り外せるし、その部分の縦桟木と横桟木も外すことができる。ダンが作業をしている間、私は路上に立って屋根の下を誰も通らないように目を配っている。歩行者の頭に屋根瓦が落ちてきたら、あまり良い評判が立つとは思えない。

私は高所恐怖症なので、高所で作業をするのはダンの担当だ。私の目には、彼は怖いもの知らずだ。いくら金を積まれても私にはリフトの上での作業はできないので、ダンが引き受けてくれるのは本当に助かる。

その後、私は屋根の内側から、屋根の穴を通して必要な建材と道具をダンに渡した。ベントカバー用の合板材の木枠はもう完成している。私たちはその木枠をしっかりと垂直に取り付けた。

板金工のペッターが、ベントカバーの覆いの寸法を測りに来た。覆いを自分の工場で造り、翌日こちらに戻って屋根瓦に合わせて調整した後、設置する。その間にダンは木枠の周囲を防水シートでしっかりと覆う。また腰壁の換気弁に格子も設置する。

金曜日の朝、ペッターが再び来て屋根回りのすべての作業を完成させた。また高所作業車も、帰る途中で返却してくれた。一連の作業が済んだのでひと安心だ。

セメントも十分に硬化したので、バスルームでの作業が再開できる。

バスルームの腰壁は二重になるので、特別な工法が必要になる。外側には屋根裏の他の部分と同様に、断熱材や石膏ボードを付けるが、壁の内側はバスルームだ。つまりこの壁は、内側はバスルームに面していながら、外側は戸外の気候に耐え得る強度でなければならない。この二つの壁の間には断絶材を入れず、二枚の壁の間の空気がバスルーム側で換気できるようにしなければならない。そうでなければ湿気が溜まってしまう。私たちが壁や屋根の仕上げをする前に、配管工と電気工が各自の作業をする。

この二つの壁の間に水道管を複数設置し、それを水道用のキャビネット［トイレの配管等を収納する箱状収納］内に引く。ここからシャワー、洗面台、トイレといった各設備まで管が延びるのだ。

水はパイプ・イン・パイプ工法でできた管を流れる。これはパイプの中にパイプを布設するもので、水配管が別の配管の中にある。水配管に漏れが発生すれば、外側のさや管が漏水を捉える。水道管はすべてキャビネットの中で接続される。もしキャビネットの中で漏水が発生した場合は水はバスルームの床に流れていく。トマスが失敗しない限り、または他の誰かがネジ留めでもしていて、うっかり水道管や配管に穴をあけることがない限り、このようなシステムで漏水が発生することはあり得ない。必要に応じて内側の水輸送管を再挿入したり、入れ替えたりすることも可能である。壁や床を解体せずとも、水道管を修理できるのはありがたい。


たまにダンか私がストロム・ラーシェンデリ店［オスロにある精肉・デリ店］に行って、温かい昼食のご馳走を買ってくることがある。今日はダンが買い物に行く番だ。自転車で街に向かい、オスロで最も美味しいデリカテッセンでメニューを選ぶ。今日はソーセージとポテトサラダだ。

ノルウェー人には昼食時に温かいものを食べる習慣がないので、食べながらスウェーデン人になったような気分になる。そして少々彼らが羨ましくなる。もっとしょっちゅう温かい食事を取ろう、といつもダンと言い合うが、結局はあまりしない。ペータセン家のキッチンで、きちんとお皿とカトラリーを使って温かい昼食を取り、ゆったりと時間を過ごすことができた。

41

バスルーム両側の煉瓦壁には耐水性ボードを付けるつもりだったが、壁がまっすぐでない。耐水性ボードで調整すればいいのだが、やや厚いボードが必要になる。そういったボードは場所を取る上にコストが嵩む。そこで、ボードの代わりに弟子のグスタウに漆喰を塗らせたらどうか、とヨハネスが提案した。グスタウに下塗り作業〔漆喰の塗りには、下塗り、中塗り、仕上げ塗りの工程がある〕を体得させる、千載一遇のチャンスなのだという。

小さな会社では仕事の件数が少ないため、弟子にさまざまな作業をさせる機会は貴重である。専門の領域をマスターするためには、時間をかけて幅広い経験を積むことが不可欠なのだ。今回は壁にタイルを貼って仕上げるため、細かい仕上げ塗りは必要ない。だからグスタウにはちょうど良い訓練になるだろう。

まず第一層は、いわゆるラフコートと言って、モルタルの塊を壁に叩きつけることから始まる。そして最後のステップで細かく仕上げ塗りを行う。ラフコートが丁寧に施されていないと表面は泡立ち、下には空気の穴ができてヒビが入ってしまうので、きれいな仕上げにならない。仕上げ塗りの上手い下手は誰が見てもすぐに分かる。グスタウはまずラフコートを学び、それから仕上げ塗りを身に付けることになるだろう。

ヨハネスが、メソポタミア文明の時代に標準寸法で成形された、日干し煉瓦について話してくれた［当時エジプトで作られていた煉瓦の寸法は、現在使用されているものに大変近いとされる］。煉瓦は、確かに最初の工業製品のひとつに違いない。

煉瓦のサイズは概ね同じである。それには主に二つの理由がある。煉瓦工は片方の手でこてを扱うので、煉瓦は片手で掴める大きさでなければならない。また煉瓦工が反復運動《はんぷくうんどう》過多《かた》損傷《そんしょう》［長期間、同じ姿勢で同一の筋肉を酷使することによって、神経や腱、筋肉に異常をきたす疾患］を発症することなく、何千個も持ち上げられる重さでなければならない。人間の体格が煉瓦の大きさと重さに影響を与えたわけだが、健康や安全性も関係しているといえる。

さらに、実際に煉瓦を積んだ時に過不足なく壁面に煉瓦が収まるのは、煉瓦の幅と長さの幾何学的関係のおかげである。つまり、人間の脳も煉瓦の大きさを決定するのに役目を果たしたわけだ。

オスロ市庁舎を設計した建築士は、こうした自然な標準サイズより大きな煉瓦を使うよう指定した。建設に関わった煉瓦工は、初めはいつも通りに煉瓦を積んでいたが、まもなく腱鞘炎などの痛みに苦しむようになり、一つの煉瓦を片手ではなく両手で積むことにしたという。市庁舎の建物は実にすばらしいが、それにはこの煉瓦のサイズも貢献しているはずだ。しかし、正面にあれだけ多くの煉瓦を積むのは随分時間が掛かったに違いない。

ヨハネスが使う煉瓦ハンマーや下げ振り〔糸の先に分銅などのような紡錘形の錘（おもり）を吊るしたもので、垂直を確認するために用いる〕といった道具は、バベルの塔を造った石工が使っていたものと同じだ。私の使う手斧もまた、原始から存在する道具である。銅やスチール、フリントなど原料は違っても、原則的には同じものだ。そして、私たちの最も基本的な道具も、古代から変わらない。それは自分たちの肉体だ。

ヨハネスが何千年か遡ることができたら、メソポタミアでバベルの塔を建てた作業チームにそのまま加わることができるだろう。外国語が話せたら、もっと楽だったかもしれない。いや、バベルの塔の物語を読む限り、そんなことはなさそうだ。だが彼には、どんな言語も必要なかっただろう。彼の持っている専門知識がカオスを切り開いただろうから。私の知っているヨハネスなら一ヶ月も経たないうちに、仲間内の誰からも尊敬される存在になったに違いない。

グスタウは壁の下塗りをしている。何層も重ねる必要があるので数日掛かる。次に壁に通気性フィルムを貼り、その上にタイルを直接貼り付ける予定だ。来週の月曜日にはタイルの作業を始められるだろう。

漆喰塗りは何回かに分けて行う作業なので、その合間にダンと私はバスルームで他の作業ができる。まず漆喰を塗らなくていい壁にボード下地を入れる。耐水性ボードを寸法に合わせてカットし、ボード下地の外側に取り付ける。そしてすべての配管や電気管にスリーブ管を嵌め、コーナーにシーラントテープを施す。ダンが壁の必要な箇所にシートを貼ってコーティングする。

トマスがトイレや浴槽を設置するために現場に来た。私は壁掛け型トイレの周囲に埋め込み式のキャビネットを造り、それに耐水性ボードのカバーを付けた。トイレの漏水があった場合は床に水が流れていくように、キャビネット下側の床近くに穴を空けることが大事だ。腰壁と同様、キャビネットに湿気が溜まらないように、通気弁を上側に付ける。

バスルームで作業している間に、ダンが建材を取りに行った。戻ってくると、お化けがいると言う。階段空間のドアの取手がそっと動いているのだが、誰も入ってこない。一度は止まったのだが、再び取手が上下に動き出した。ダンが勇気を出してドアを開けた。そこに立っていたのは、怯えて、目に涙をためたフレデリックだった。

「おや、そちらにいらっしゃるのは建築安全管理官の方ですか？」

フレデリックはそれを聞いて本格的に泣き出し、ダンが彼を抱き上げた。

「一人で遊びに来たのかい？」

「うん」フレデリックはしゃくりあげながら答えた。

「お父さんとお母さん、それにイェンス君は下の部屋にいるんだろう。君がどこにいるのか心配しているんじゃないかな。そうだろう？」

「うん。でもここを見たかっただけだよ。屋根裏とか僕たちの部屋とか」

「じゃあ一緒に下に行って、君がここに来たことを伝えよう。みんなも屋根裏を見たいんじゃないかな」

ダンとフレデリックが下のアパートメントに降りていくと、ペータセン夫妻は驚いた。彼らはドアに鍵を掛けるのを忘れてしまっていたのだ。怒られると思ったのか、フレデリックが再び泣き出した。

「皆さんで屋根裏を見にいらっしゃいませんか？」ダンが言った。

一家は同意した。ダンは作業があと一時間で終わるので、それまで待ってほしいと頼んだ。金曜日なので、一週間の作業に一区切り付けられる。

一時間後、フレデリックのすぐ後について、イェンスも入ってきた。フレデリックが両腕に抱えたプレートには、私たちへの差し入れの丸いパンが載っている。焼きたてのレーズンパンだ。私たちはパンを食べながら打ち合わせをした。そして週末が来た。

42

再び月曜日の挨拶で一週間が始まる。ペータセン夫妻が、自分たちでやりたいと言っていた作業を、私とダンに任せたいと言った。これまでの工程だけでも十分に大変だと思っているようだ。引き渡し後、また新たに自分たちで工事に取り組むという考えは、もうさほど魅力的ではないらしい。

これから吊り天井の上に、20センチの断熱材の層を入れる。その後吊り天井の胴縁間にも10センチの断熱層を入れるので、合わせて30センチになる。改築前、アパートメントと屋根裏の間には大した断熱材は入っていなかった。だから屋根裏の居住空間が加わって床面積が倍になっても、これで暖房代が上がることはないだろう。

4月中旬だが、屋根裏はいまだに寒い。作業現場に春が来るのは遅いのだ。太陽の日差しは屋根裏を暖める程には強くないし、夜中には冷気がしみ込んでくるので、ここはさしずめ保冷ボックスといったところだ。屋根に最初の断熱層が入れば、暖房を付けられる。

それだけで少しは居心地がよくなるだろう。

断熱材はきちんと入れなければならない。親方がよく言っていたように、きちんとした断熱性とは効果的な断熱性だ。断熱工事の手を抜くと冷橋が発生し、天井に結露ができる可能性もある。単純に見えるが実は難しい作業の典型で、腕の良い職人とそうでない職人の差がはっきりと出る。腕の良い職人は、穴もできず、断熱材の端材も出ず、均等に断熱材を入れることができる。それに下手な職人よりも、作業スピードが断然早い。

マスクを付ければ断熱材から出る埃が肺に入り込むのは防げるが、皮膚が繊維にかぶれてしまう。防護服を着ればいいのだが、気密性が高すぎて着心地が悪いため、よほどのことがない限りは気が進まない。

断熱材の質は相当に進化している。古い建物を改築する際、とりわけ夏の暑い時期に、１９５０年代の古いグラスファイバーマット［ガラスを融解、牽引してフェルト状にしたもの］を扱うのは悪夢のようだ。現代の断熱材でもアレルギー反応を示す人々はいるが、幸い私にはその問題はない。こういうことには、心理的要因も関わっていると思う。どこかが痒いといったん思い始めると、その痒みに耐えられなくなってしまうのだ。それさえ気にせずにいられれば、この作業も悪くない。ラジオを聴きながら手を動かしていると、断熱工事が進むに連れて、音が柔らかくなっていくのが分かる。特にバイオリンやエレキギターの音は、断熱材に囲まれた環境の中では一段と耳に快い。

断熱作業をした後のシャワーは、これまでに浴びたシャワーの中でも五本の指に入る心地よさだ。まず皮膚の毛穴を引き締め、ファイバーを流すために冷水を使う。その後温水で身体を徹底的に洗うのだ。


再び搬入の日になった。これが最後の搬入だ。今回はダンと私で対応できる分量だ。この先、数日間の天気予報をしっかり確認してある。今日が雨の予報だったら、搬入は延期していた。床、ボード、それにモールディングの建材を搬入する予定なので、濡らすわけにいかないのだ。

これから二週間程度、木材を屋根裏に置いておき、室内環境に馴染ませる。木材は屋内の自然な相対湿度に合わせなければならない。そのために暖房を付け、屋根裏が生活空間になった時と同じような温度にするのだ。木材を屋内の温度に合わせておかないと、床板の継ぎ手、それに巾木などの合わせ目にひびが入る可能性がある。

木材は生きている材料だとよく言われるが、水分含量は特に重要だ。湿った木材と乾燥した木材の違いはかなり大きい。乾燥した状態の床板の幅が10センチならば、湿った状態では10・5センチになることもある。

バスルーム家具を造るための建材も搬入した。廃棄物やもう使う必要がなくなった建材、道具を路上に下ろす。建材がすべて屋根の穴から運び込まれたら、最後の窓を穴にはめ込む。これから何かを搬入あるいは搬出しようと思ったら、階段を使うしかない。窓の周りに雨よけを取り付けたら、屋外の作業はすべて終わりだ。

ダンと私が搬入している間、ヨハネスと弟子のグスタウはバスルームでタイル貼りに取りかかった。タイルの配置の仕方は重要だ。床の四隅には、できるだけ同じサイズのタイルを貼る。一つの隅にフルサイズのタイルを貼り、反対側には調整のために小さくしたタイルを貼る、といったことはできるだけ避けたい。床と壁のタイル配置が合っていなければならないため、床から先に貼る方がやりやすい。全体的に美しく見えるよう、床、壁、トイレ、バスタブとシャワースペースでバランスを考慮しなければならない。

吊り天井にビニールシートを掛ける準備ができた。すべての継ぎ目を密閉しておきたいが、煉瓦の妻壁はでこぼこ過ぎて、それができない。

タッカー［レバーを握ることで針を打ち込むタイプのホッチキス］を使って、ビニールシートを胴縁にしっかりと留めた。ビニールシートがむら無く張られているように注意する。煉瓦壁の方では、ビニールシートと壁の間に構造用接着剤を入れ、完全に密閉できるようビニールシートを押し込む。この作業を入念にしておかないと煉瓦壁沿いに空気漏れが発生し、そのために結露のリスクが高まる。さらにはカビや腐朽《ふきゅう》［腐って形が崩れること］の原因にもなりかねない。

ビニールシートに開けた電気管用の穴の周りに粘着パッチを付け、必要な箇所をテープで補強する。窓の周囲にはベルックス製の防湿材を付ける。母屋桁には、垂木の下まで持ち上げる前にビニールシートを被せておいた。中二階の床から屋根近くの部分も同じだ。これで、室内で発生する湿気からしっかりと屋根を守ることができる。

月曜日の朝に天井に石膏ボードを設置するので、今日の残りの時間はその準備に使うことにしよう。移動式の足場を置くスペースを確保するために床を片付け、台に石膏ボードを重ねて置く。石膏ボード用定規と直尺を用意し、ナイフの刃を取り替える。ダンは石膏ボードリフトを持ってきた。この道具はそれなりに役に立つが、限られた箇所でしか使えない。棟では高すぎて使えないし、腰壁の箇所には低すぎて入らない。

26キロは二人で運べる重さだが、石膏ボードは脆く割れやすい。またネジで留める間、頭上に持ち上げているのは扱いにくいし、信じがたいほどつらい。必要以上にボードを持たないようにするためには、効率を考えて手早く作業をするしかない。

これも一種の技術だ。コツが分かっていないと、片方の手でドリルを操作しながら、むやみに胴縁に強くボードを押し付けることになるため、天井全体を持ち上げているような気になるだろう。家は重いのだから、どんなにがんばっても持ち上げられる訳がない。やはり必要なのは訓練と技術なのだ。

初めて親方と一緒に石膏ボードを持ち上げた時、親方は私がパニックになり、そして疲れ切ってしまったのを見て半ば呆れていた。親方自身は落ち着き払っていた。お前は俺より若いが、俺より年寄りだな。確かにその通りだった。そんな私も年を取った。

明日から週末でよかった。石膏ボードを設置する作業の前に身体を休ませることができる。ダンも私も年を重ね、仕事の面では賢くなっている。そうはいっても、やはりこの作業は身にこたえる。

43

再び月曜日の朝が訪れた。

ペースを緩めず作業を進めることが大事な段階に来ている。断熱工事、石膏ボードの設置、床の敷設などは大仕事だ。着実に工程を進めなければならないが、流れ作業でただこなすのと本当に前進することは大きく異なる。この数週間は、身体には大きな負担が掛かる。運ぶものが多い上、絶え間なく上へ下へと移動しなければならない。

ラジオの音量を上げて音楽を流す。音楽は私たちが働くためのガソリンのようなものだ。ただ、流れてくる音楽があまりにも酷い時には音量を下げる。仕事のリズムを狂わせたくないからだ。

残っている作業はたくさんあるが、思っているほど時間は掛かりませんよ、とペータセン夫妻に説明した。4月も半ば過ぎだが、進捗は予定通りだ。

天井をビニールシートで覆う前に、胴縁にチョークで線を引いておいた。この直線に沿って、最初のボードを取り付ける。

妻壁は下塗りをしてあるので、大小の膨らみや窪みがある。最初のボードを一時的に胴縁に取り付けておけば、でこぼこした表面を調整することができる。

私は壁のでこぼこに沿って、鉛筆でボードに線を引いた。このように建材に描き入れることを「けがき」という。

これで、壁の形にボードに線が引かれた。石膏ボードを切るのに、私はスタンレー［アメリカのブランド］のカッターナイフを使う。通常はボードの片側に貼った紙に沿って切り込みを入れ、それに沿ってボードを折っていく。その後、さらにこの紙を使って第二層目のボードを切る。この方法は引いた線が直線である場合には使えるが、ボードをこの煉瓦壁に合わせる時には使えない。線に沿って丸ヤスリで切ってもいいが、カッターナイフを使っても作業のスピードは変わらないし、この方がきれいにできる。のこぎりで切ると端がやや毛羽立つが、カッターナイフを使うとシャープになる。

多くの大工は石膏ボードを切るのに壁紙専用カッター［小さなアイロンのような形状をしていて、上のつまみを持ち先端に出ている刃で壁紙を切る道具］を使うが、私には使いづらい。特に煉瓦壁に沿ってけがきで引いた線をフリーハンドで切ると、その違いがよく分かる。

ボードを切ってから再びチョーク線に沿って掛け、ネジで留める。期待通り、壁までの距離は5～10ミリで、グラウト材を注入するのに丁度いい隙間ができている。

きれいに仕上げるためには、グラウト材が均等に入っていなければならない。カッターナイフで切った鋭利な端も仕上げの一部である。グラウト材が薄すぎるとひびが入りやすいので、構造体の揺れに合わせて動ける程度のアソビの幅は必要である。長いゴム紐は短いゴム紐より長く伸びるようなものだ。

天井に石膏ボードを取り付けると、窓は絵画の未完成部分のように見える。内張り用の胴縁を造るのには時間が掛かったが、石膏ボードはそれほどでもない。ひな型を作り、それに合わせて各窓の内張りを作っていくと、天井がきちんと整って見える。

石膏ボードを付けると屋根裏の印象も大きく変わり、生活空間らしくなってきた。室内に響く反響音は固い音に変わったが、落ち着いた雰囲気が生まれている。私の脳裏で再生されていた映像が、今や実際に手に触れられるものになっている、屋根、壁、床、窓。想像が現実になり、理論だったものは実体となる。

金曜日、ペータセン一家が現場に遊びに来た。子供たちはすっかり屋根裏に慣れ、我が物顔ではしゃぎ回っている。夫妻が落ち着きなさいと注意したので、私は子供たちに、良かったら天井の石膏ボードに落書きをしてもいいよと言った。ダンが建築用鉛筆を削ってやって、二人に渡した。

どれだけ広いスペースなのか、子供たちが理解するまでに少々時間が掛かったようだ。これまで見た中で一番大きなキャンバスに違いない。ダンが見守るなか、二人は脚立に立って天井に絵を描いていく。フレデリックは何を描こうかと思いつくままに次々と口にし、イェンスもそれを真似る。二人は家や部屋、家具、太陽、星、木々などを描いていった。父親が星の間を飛んでいる大きな鳥を描き、それを見て子供たちが感動している。二人は下のアパートメントからマーカーを持ってこようとしたが、さすがにそれは止めた。マーカーの種類にもよるが、描いた絵が塗装越しに透けて見えてしまうかもしれない。だが鉛筆だけでも、子供たちは十分に楽しんでいたようだ。

子供たちがお絵描きに夢中になっている間、私たち大人は少し話をした。作業は順調に進んでいるので、何か問題があったわけではない。完成した屋根裏がどうなるのかといったような話だ。ほぼ夫妻の希望していた通りになりつつあるが、若干想像していたよりも狭いと思っているようだ。ダンと私は、完成したらもっと広く感じると説明した。建材や道具がなくなり、天井や壁が塗装され、作業現場から住居へと変わったら、もっと広々とした雰囲気になる。

私たちは残った工程や、それに掛かる時間についても説明した。子供たちはもっとお絵かきをしたがっていたが、翌日も続きをしていいと言われて諦めた。

「皆さん、良い週末を」

互いに挨拶をして、今週の作業を終えた。

44

「皆さん、おはようございます」

私はペータセン一家に挨拶をする。月曜日、新しい週の始まりだ。

イェンスとフレデリックは、週末はお絵かきで忙しかったようだ。お絵かきスペースを広くするため、ペータセン夫妻は屋根裏を少し片付け、床を掃いてあげたという。子供たちは高い所も低い所も使って、さまざまな絵を描いた。動物がたくさんいる。なかには『長くつ下のピッピ』［スウェーデン出身の作家アストリッド・リンドグレーンによる児童文学］に出てきそうな動物もいる。床から始まり腰壁を通って天井まで続く、集合住宅も描かれている。その家の窓には、カーテンと花の咲く植木鉢がある。フレデリックは庭の絵の傍に、私の作業用バンも描いていた。保育園の行き帰りにペータセン氏が私の車を見せていたので、覚えていたようだ。

ビョーン・オーラヴは、接続箱の中のケーブルやその他のコンポーネントを接続した。

コンセントやスイッチを設置するのは塗装作業の終わった後だ。私たちが電源を増やしてほしいと頼んだので、ビョーンはコンセントを二つ用意し、電気回路を一つ選んで屋根裏に接続した。今まであちらこちらにケーブルが散らばっていたが、これで壁のコンセントに直接繋ぐことができるようになった。

石膏ボード作業の後が少々散らかっていたので、ダンと私は片付けをし、大工道具の準備を始めた。横引きのこぎりや丸のこは邪魔にならないので、作業の時に手に取りやすい場所に置く。ボードを切るのに使うプランジソー［アルミのガイドレールに合わせて動く丸のこの付いた電動のこぎり］を用意し、研いだばかりの刃を付ける。これから細かい作業をするので、研いだ状態の刃でなければならない。

昼過ぎ、塗装工たちが壁の下塗りをするために到着した。一週間前、ボード張り工事が完成する直前に、ここでの仕事をスケジュールに組み込んでくれるように連絡しておいたのだ。

塗装工たちは周囲によく気を配り、他の職人や建材の周囲で作業をする時も最低限しか汚さない。必要な箇所には覆いを掛ける。理想的には塗装作業の間、大工作業は休止していたほうがいいに違いない。だが私たちも作業を進めたいし、他の場所でできることもないので、互いに少しずつ我慢をしあうのだ。このようなプロジェクトが終盤を迎えると、さまざまな作業が同時に行われ、高い所でも低い所でも職人が働いている。皆がお互いに配慮しあえば、大勢の職人が一斉に作業をするのも楽しいものだ。

ヨハネスとグスタウがバスルームでのタイル貼りを終えたので、今度は私たちの出番だ。バスルームに使うポプラ材のボードの設置はダンに担当してもらう。これは彼にとってちょっとしたご褒美だ。バスルームのボード工事と重い建材の片付けとでは、天と地ほどの違いがある。私たちは楽しい仕事も、退屈で疲れる作業も、同じように分担しあうのだ。

加工されていないポプラ材のボードは、特にバスルームにはよく合い、私のお気に入りだ。ポプラ材は色が明るく、触感がベルベットのように柔らかい。見るたびに、触ったりなでたりしてみたくなる。それにポプラ材には吸湿性があるので、バスルームにぴったりの建材なのだ。バスルームは換気や暖房ケーブルのおかげでアパートメントの中で一番乾燥している部屋になるのだが、湿気には大きな変動があるものだ。

シャワーの後はタイルが鏡面のように結露水の膜で覆われるので、バスルームは少々湿っぽくなる。しかしポプラ材はシャワーから発生する湿気を一部吸収し、換気装置が作動する間にその湿気を穏やかに放出していってくれる。その効果を考えれば、天井にポプラ材を使うのは塗装した石膏ボードのコストと比較して、それほど値が張る工法ではない。木材は適切に扱うなら美しい素材だ。70年代に松材の家具があまりにも流行ったせいで人々は少々飽きてしまっているが、木材のさまざまな可能性に目を閉ざすのももったいない話だ。ノルウェーでは、広葉樹は建築にあまり使用されない。私たちのDNAには松材やトウヒが住宅の素材として埋め込まれてしまっているため、広葉樹はもっぱら薪になる。だが最近では各地の生産者が製品開発に力を入れ、広葉樹が家の中でも外でも有用な素材であることを消費者に理解してもらおうとしている。

ノルウェーは木材が豊富であり、環境に配慮して生産されている。木材の長所は加工の余地が広いことで、使い道は第一次生産品に限らない。ただそれは、質の良い仕事を提供できる職人がいるからこそだ。林業従事者、製材職人、木材店従業員、それに大工。ダンと私は林業から始まるこの鎖の最後の輪であり、鎖の一部でも壊れてしまったら、誰もが不利益を被る。

バスルームの天井は狭いので、ボードを設置する作業はあっという間に終わる。天井のボードと壁が接する所に、ダンがポプラ材の素敵な廻り縁を造る。私たちの期待通り、天井は上品で明るく、軽い仕上げになっている。

ダンが天井に取り組んでいる間、私はバスルーム家具を造る。模型キットのような、油脂加工を施したオーク製の幅4センチのボードを組み立てるのだ。シンプルで美しいバスルーム家具になるだろう。

家具作りといっても、作業自体は割と単純だ。バスルームの両端に収納棚を一台ずつ置き、それには扉は付けない。上の天板は、床に立つ脚部に載せる。脚部は天板と同じ材料である。脚部と天板の角を45度の角度で切り、角には木製ビスケット［ビスケットのような形の木製ダボ］を入れ、接着剤とネジを使って丈夫で安定した構造になるように各部分を組み立てる。最終的な組み立てはバスルームの中で行う。

天板表面の下側からネジを入れると窪みができるが、それをダボ［木材を接合する時に使用する木製の棒］を埋め込んで隠す。ここも仕上げとして重要な箇所だ。収納棚を区切り、各スペースに洗濯機と洗濯乾燥機を置けるようにする。そして洗濯カゴや棚のスペースも作る。反対側の壁には小型収納棚を作り、これに洗面台をはめ込む。収納棚を接着剤やネジで組み立て、穴をダボで埋める。油とワックスを混ぜたものをダボ埋め部分に塗り、バスルーム家具が完成する。

バスルーム家具

INNREDNING BAD

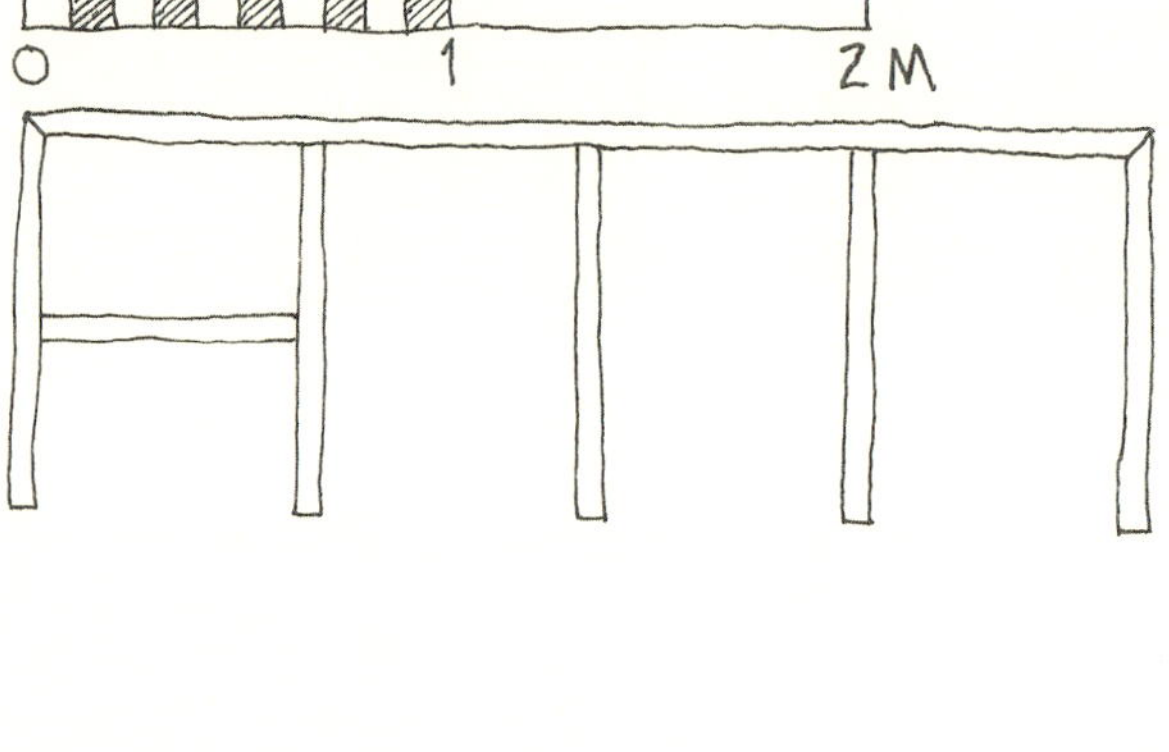

家の床にあるこうしたダボ留めに、船のデッキを連想する人も多いかもしれない。職人の付けた一連のピリオドのようなダボ埋めには特に機能はないのだが、一定の間隔で入れる。体裁を整えるための、一種のお飾りだ。

実際の船の木製甲板ではこのダボ留め工法により、板を下の構造体に留めると同時に、ネジ穴を通して湿気が甲板に上がってくるのを防ぐ。このような甲板を模したような床を見ると、アーカー・ブリュッゲ［オスロの港周辺の高級地区］の住宅を思い出す。マリーナの眺望を見晴らす造船所の跡地に建てられたこの集合住宅には、やはりどこか海の雰囲気が漂う。設計士はヨットの甲板か、小型貨物船の甲板を真似たのだろうか。ダボ留め工法は素早くできて、しかも見栄えも良いため、施主の間でも人気がある。

45

配管工のトマスが混合水栓の設置をし、バスルームの水回りをすべて整えた。もうバスルームは使えるのだが、新品のバスルームを初めて使い、お風呂を楽しむ権利はペータセン一家のものだ。私たちはずっと下のアパートメントのバスルームを使っており、一家もそれに慣れているので、あと2~3週間そこを使い続けても何の不都合もない。

ダンはバスルームのドアフレームを入れ、ドアを設置した。また共用階段空間のドア部分にもドアフレームを入れる。フレームはいくつかの釘で仮留め状態にしておく。床を張る時に一度外し、床が完成した後で完全に留めるのだ。

トマスと塗装工たちに、ペータセン家のキッチンで一緒に昼食を取ろうと声を掛けた。居心地の良いキッチンに作業着を着た男たちが並んでいると、何だか上等な移動食堂自動車［内部が食堂になっているトレーラー。ヨーロッパでは戸外が寒いため職人が食事を取れる場所として使う］で食べているようだ。ベトナム人の塗装工たちは屋根裏で昼食を作り、キッチンに持ってきた。トマスは配管工だが、いつも昼食は電気工と同じようなパンとソフトドリンクだけだ。ダンと私は、冷蔵庫に置かせてもらっていた食材を使って昼食を作る。トマスは本格的な食事は取らない主義で、自分の持ってきた軽いランチを食べる。ベトナム式と、長時間作業をする大工と、単発の依頼で働く配管工の間の食文化の衝突だ。飲み物も紅茶、コーヒー、ソフトドリンクが並ぶ。

ペータセン一家は屋根裏に入れるいくつかのイケアの家具を、私たちに組み立ててほしいという。中二階はオフィススペースとして使うそうだ。棟から床まで続く天井は少々圧迫感があるし、掃除もしづらいので、片側にローキャビネットを入れて屋根に沿って並べたいようだ。そうすると中二階が独立した部屋のような趣になる。その反対側には子供部屋があるので、中二階の床を延長すると、その床がちょうど子供部屋の天井になる。そちら側の屋根勾配の前には、高さ20センチの小さな腰壁を造る。

中二階の端の防火壁側には、床から天井までの棚を作ってほしいと夫妻から頼まれた。棚は棟まで伸びるので、両側の屋根の傾斜に合わせなければならない。

ダンは中二階の床の、延長した部分用に胴縁を造る。床の下側には石膏ボードを付け、断熱工事をし、その上には木片合板を敷く。私は中二階の屋根沿いに置くイケア製のキャビネットを組み立てる。キャビネットの収納スペースは大きいとは言えないが、ないよりはましだろう。防火壁側の棚を作り、片付けをして床張りの作業を始める。キャビネットを設置し、巾木を付けて、これで中二階が完成だ。

新しい生活空間のインテリアについてはペータセン夫妻にかなり明確なイメージがあり、今私たちが造っているのは、彼らの希望をアレンジしたものである。当初、二人は私の提案に驚いていた。たとえば私が勧めた造り付けのバスルームの費用は、彼らの考えていたイケア製品よりも遥かに高いと思っていたという。

私はよく、イケアをどう思っているかと質問される。天井の高さや窓の寸法、居住面積について聞かれるのと同じように。ペータセン夫妻にも聞かれた。

イケアはどこにでもある。製品の質という面では、多くの人が自宅用に買う他の家具店やインテリアブランドのものとあまり変わらない。だがイケアの家具はシンプルで値段は妥当だ。つまりコストパフォーマンスがいいということだ。

ペータセン夫妻や一般的な施主にとって、イケアのカタログに載っている商品は馴染みがあって、設置したらどうなるかを想像しやすい。重力で私たちが地上に立っているのと同じくらい、当たり前の光景だ。私自身も家にイケアの製品を持っているが、たいていいもっと素敵なインテリアの下や後ろに隠してしまっている。イケアの機能性は評価するが、できるだけ目に入らないに越したことはない。

イケアは一つの社会現象であり、インパクトの大きな存在だ。イケアの製品は、オーク製の丈夫な家具や天然無垢の床と比較して耐久年数の短い設計で造られるが、それは私たちの時間に対する感覚が変化したせいか、あるいはこの時代そのものの産物なのかもしれない。

ある製品を買い換える必要があるとき、それは製品の品質のせいでもあるし、またその品質の理由でもあるかもしれない。つまり、人々がすぐに物に飽きて買い換えたがるのに、耐久年数の長い物を造る必要があるだろうか。このような製品は、長持ちはしないが取り換えが効くため、愛着を持って大切に使う気にはなれない。

だが私としては、こうした質の違いが存在するのは喜ばしいことだ。そういった製品と比較できるからこそ、自分がイケアの商品と対極にあるものを体現し、自分の造る物には本質的な価値があるのだと思える。だが、以前はイケアが職人の技術を真似ていたが、今では職人がイケアの真似をするという危うい現象が起きている。長期的に見れば、私たちのような職人にとっては好ましくない事態だ。

偶然にも今晩イケアに行く予定なので、今週はオフの時間でもイケアから逃れられない。作業用バンを持っていると、人に物を運んで欲しいとよく頼まれるのだ。私にとって休日は肉体労働から解放される日だが、他の人々にとっては何か物を運ぶ日だ。気をつけないと、休みをつぶして他人のために年に15回はサービスで運送業者を務めることになる。だが最近はずっとそういった頼みごとを断っているので、あまり頼まれることもない。オーレは私が必要な時にはいつでも助けてくれるので、今回は手を貸すことにした。だが彼には、私をイケアに連れていくのは友情を試すことなんだぞ、と言ってある。

今日のディナーはイケアのミートボールだ。オーレが奢《おご》ってくれる。

46

今日は確定申告の書類を出すため、税理士の事務所に寄った。私は自営業なので、確定申告は5月中に提出しなければならない。ダンはペータセン家で一人で作業を始めている。確定申告を無事に済ませると、ホッとして明るい気分になった。

残っている大きな作業は3つだ。まず床張りをし、そして子供部屋の壁と内階段用の開口部を造る。

普段私たちは丈夫な安全ブーツを履いているのだが、これからは滑り止めのない、室内用の軽い靴を履く。安全ブーツの底には砂利が詰まりやすく、それが床を傷める可能性があるのだ。軽い室内用の靴なら床に擦り傷を付けない。

床張り作業は腰壁のところから始める。壁の方に適切な幅の床板を合わせてきれいに仕上げるため、床板の配分に注意を払わなければならない。部屋の温度や湿度に従って床板が伸縮できるように、壁と床の間には隙間も必要だ。ゆとりがないと、床板が膨張した時に壁を外側に押し出そうとする力が働く。だが壁が動くことは滅多にないので、その代わりに床がどこか、真ん中あたりで盛り上がってしまうのだ。

床板は板同士の間隔が狭過ぎないように、それでいて隙間が目立って見えないように配置しなければならない。板によっては傷や見栄えの悪い節がある。床張り作業を素早くこなせるように、板を長さによって分別し、4つの板の束を作る。またそれと同時に傷のある板は別にしておき、使えそうな板だけ作業が進むにつれて選び出して使う。

板を三枚ずつ部屋の長さに合わせて調整してから、床の上に置いてネジで留める。こうすると時間の節約ができるので、まるで大量生産をしているようだ。それと同時に床全体を継ぎ目や節、板の見た目に合わせて簡単に仕上げることができる。きちんと張られた床は、適当に張った床とは見栄えが明らかに違う。

板がきちんと嵌まるように、ハンマーとタッピングブロック［上面に持ち手の付いた小さな板で下面についている板との段差を利用して床板の側面に当て、ブロックのもう一方の側をハンマーで叩いて床板をぴったりと嵌めこむ］を使って叩き、後はその板をネジで留める。板の多くは木工用ノミを使って少々引っ張り、うまく嵌めこまなければならない。木工用ノミを下の木片合板に打ち込み、タッピングブロックを叩いて板を強く押す。時間の掛かる作業だが、着実にこなせばそれほど大変ではない。だが私の腰や膝は床張りを嫌がる。

ラジオの音が流れ、私とダンはダンスをしているように、息を合わせながらも距離を保ち、滅多にお互いの邪魔をしない。私は彼をちらっと見て、彼が板を張る間にのこぎりを使う。長くて扱いづらい板の作業をする時には、頼まなくてもダンは手伝いに来て、再び自分の作業に戻っていく。作業をしながら聴いている音楽やニュース等についてはおしゃべりをするが、作業の話はほとんどしない。短いメッセージや簡単な質問程度で済む。

内階段の開口部のへりにも上から床を張る。チップボードに刻みつけた切り目より13ミリ長く、開口部の方にはみ出して印を付ける。床板を印よりはみ出させて張ってから、印に沿ってプランジソーで切り落とす。のこぎりの刃が鋭ければ、完璧な切り口になる。後日、階段の両側に設置する石膏ボードは、内側が切り落とされたこの床とぴったり合うはずだ。ここで必要になるのは、床の端に付けるシンプルな巾木で、床と石膏ボードの隙間を覆う。巾木を何本か切って、白い顔料が入った油を塗る。階段部が完成したらこれを使うのだ。

次は、共用階段空間の方の壁だ。ダンがバスルームの壁まで残りの床を張る間に、私は張ったばかりの床板の上に子供部屋の壁を造る。壁ができる前の一瞬だけ、屋根裏部屋全体に床板が張り詰められた景観を楽しむことができる。これでイェンスとフレデリックの部屋ができた。

張りたての床は素敵だ。木片合板の床にはダンのラインダンスがぴったりだが、このような床にはポロネーズ［ポーランドのダンス］の方が合う。ラジオではロキー・エリクソン［アメリカの歌手・ギター演奏家］が流れていて最高の雰囲気なのに、ダンは乗り気ではない。

「うまくいったな。今回はラッキーだった」と私は言った。

どんな床であろうが、使えばいつかは傷やへこみができる。松材の床は柔らかいので傷つきやすい。私はよく施主に、追加料金をいただければ引き渡しの前にちょっと床を使って傷つけておきますよと言う。そうすれば引っ越しの際も、床を気にせずに荷物を運び込める。子供たちが遊んでも、大きな音を立てて床に物を落としてもピリピリしないで済むし、リラックスして生活できますよと。

もちろん実際に頼まれたことはないが、施主は一瞬真剣に考え、その後で笑い出す。彼らがからかわれていることに気付く、その瞬間が面白い。

私たちは最大限に気をつけて作業をするので、床は丁寧に造られた家具のように、摩耗も傷も一切なく、完璧に仕上がる。

47

壁を造り終えた。塗装工たちは下塗りや上塗りを懸命に進め、素早く作業を完了させた。ペータセン夫妻は、値段はやや高いが丈夫な塗料の方を選んだ。こちらの塗料の方が長持ちするので、長い目で見れば得をする。ダンは床張りを終えて、子供部屋のドアの枠とドア、その他の細かい作業に移った。私たちが塗装を終えた巾木を設置すると、塗装工たちが小さな釘の窪みやひびを塞ぎ、最終的な上塗りを施す。

階段の開口部は、私が担当する。

開口部の上にある木片合板や不要な断熱材、余った根太用板1・5×4材といった建材をすべて取り除く。今、下のアパートメントと屋根裏の間にあるのは天井だけだ。安全のために2×4材をいくつか交差させ、開口部の上に置く。ダンの手を借りて、先ほど取り除いた木片合板を戻す。こうすれば開口部内の作業の邪魔にはならないし、開口部の上でも作業ができる。発生する埃が屋根裏に舞い上がらないよう、合板と周囲の床の上にビニールシートを敷く。今保護しなければならないのは、新しい屋根裏部屋なのだ。

引き渡しまであと三週間だが、私たちの作業はあと一週間で終わる。契約書上で余裕のある引き渡し日にしてもらったこともあり、このプロジェクトはずっと滞りなく進んできた。工事の終盤にこんな余裕があるのは珍しい。

金曜日の午後帰宅する際には、手で運べる限りのものを私の車まで持っていく。運び出せるものがあるなら、手ぶらでは帰れない。

この仕事も、終わりにさしかかっている。

月曜日の朝、作業の準備をするためにアパートメントに来ると、ペータセン一家が朝の支度に少々手間取っているらしく、イェンスとフレデリックが走り回っていた。一家が出かける前に、私は道具や建材を運びこんだ。子供たちは天井の開口部があき、階段が届くのは今日だと聞いて興奮していた。アパートメントと屋根裏が一つになる今日は、特別な日なのだ。

イェンスは私たちが天井の穴を造るところが見たいから、保育園に行かないと言い出した。それは無理だと言われ、泣き出して癇癪《かんしゃく》を起こす。だがダンがお得意の接客スキルを発揮して、イェンスをなだめた。

ダンは、作業中周囲をシートで覆うので大したものは見えないし、開口作業の時に子供が近くにいるのは危ないとイェンスに言い聞かせた。大工の仕事は面白いけれど、うるさいし、危ないこともあるんだ。分かった、とイェンスが言う。

「保育園から帰ってきたら見てごらん。そこに大きな穴ができているからね」ダンが指を差す。

「それに階段も入るんだよね」フレデリックが言った。

子供たちは、階段を運んでくるのが私なのだとしたら、その階段がどこにあるのか不思議がっていた。私は、階段はこれから届くのだが持ってくるのは別の人で、午後には開口部を見られると説明した。

時間を節約するため、先週の金曜日に少し準備をしておいた。桟［屋根裏の床とアパートメントの天井の間にある横木］を切り、埃防止のために開口部周囲を覆うものを用意しておいたのである。ダンが覆いを掛けるのを手伝う。下のアパートメントの床に石膏ボードを張る。作業現場を周囲から遮蔽するためにビニールシートで囲む。シートは木ずりで作った枠に付けてピンと張り、完全に密閉するために天井や壁にテープで留める。これで上の屋根裏にも埃が入らないので、作業を開始できる。

天井板は漆喰と木材の二重構造になっている。問題は漆喰が脆く割れやすいので、作業がしにくいことだ。一般的にのこぎりは木材用であり、ダイヤモンドカッター付きのディスクグラインダー［グラインダーは砥石を使って研削を行う工具。砥石が円板状のディスクになっているものをディスクグラインダーという］は漆喰用だが、そのどちらの素材にも対応できる道具がない。だから作業は順を追って、別々にやるしかない。

まず掃除機に接続してある小さなディスクグラインダーを使って、天井板の漆喰部分を切る。これで開口部になる部分の、漆喰の天井を引き抜くことができる。次にのこぎりで木材を切る。そしてその部分がすべて、アパートメントの床を守る石膏ボードの上に、傷をつけることなく落ちていく。こうして周囲の天井には傷一つ付けることなく、穴をあけることができた。

埃だらけのビニールシートの内部を片付け、徹底的に掃除機を掛ける。屋根裏で張った床の真下、階段の開口部の内側に石膏ボードを付けた。そして石膏ボードと天井の漆喰の交わる箇所にコーナービード［物があたっても破損しないように保護するために、壁や柱などの出隅部分に取り付けられる棒状の金物］を留める。そうすると天井とボードが接する部分にしっかりとした角部ができるので、塗装工がそこに漆喰を塗る。塗装工のタムはこれまでは屋根裏で作業をしていたが、下塗り作業のためにアパートメントに降りてきた。

開口部内側の三面には石膏ボードを張るが、残りの一面は煉瓦工が作業をする。午後、煉瓦工のヨハネスが来て、以前は床だった所にできた壁の面に漆喰の下塗り作業を行った。


今や、アパートメントが作業現場になっている。ペータセン一家にとってはまさに、職人の一群が押し寄せてきたといった感じだろう。一家が少しでも心地良く過ごせるように、作業の終盤にはビニールの壁カバーを下ろし、床の石膏ボードを取り除く。塗装工は後の研磨作業を最低限に抑えられるよう、入念に穴やひびを塞いでいる。仕上げ塗装が完成したら、少々研磨をする必要がある。彼は床まで届くビニールシートを天井にテープで留める。こうすればアパートメントには埃が舞い上がらない。

屋根裏で釘の窪みやひびを塞ぐ作業が終わったので、掃除機を掛けて乾いたマイクロファイバーモップを掛ける。屋根裏のリビングルームにもイケア製の家具を設置するのだが、調整がなくネジで留めるだけなので、2～3時間もあれば完成だ。

最後の大工仕事として、開口部に軽く枠を留める。階段を設置する職人がそれを外し、階段を合わせることができるようにするためだ。階段はまもなく届き、ペータセン一家が屋根裏で暮らせるようになるまで、あともう一息だ。

塗装工は塗装作業を終え、電気工は接続ボックス、照明、スイッチを接続し、電気作業を終了した。

そしてタムとビョーン・オーラヴが屋根裏の改築の最後の仕上げをした。最後の巾木に塗装をして照明を点灯すると、屋根裏が一気に華やぐ。

ある意味では静かなエピローグと言えるだろう。あのようにたくさんの作業をし、大きな変化が起こり、多くの時間を費やした。そして細々した仕上げ作業をし、掃除をし、路上にある作業用バンに道具を運び降ろして、静かに仕事を終える。昼食をペータセン家のキッチンで食べるのも今日で最後だ。コーヒーを淹れ、無事に完成したプロジェクトにコーヒーカップで乾杯した。


週末は釣りをし、うつらうつらする合間に事務作業をして、ゆったりと過ごした。

作業中に撮った写真を整理し、ファイルに入れる。書類を片付け、プロジェクトの見積もりと実際に掛かった金額を比較しなければならない。

金額はどうだったのだろうか。私の見積もりは正解だった。

他の職人について私の作成した見積もりは、彼らが実際に請求した金額と一致していた。ダンからもらった労働時間のタイムシートをもとに彼に報酬を支払う一方で、必要に応じて自分への報酬も計算に入れた。自分の働いた時間をタイムシートに記録し、エクセルで費やした時間や建材の費用を把握する。ペータセン夫妻の払う金額から経費を差し引くと、残りが私の利益になる。今年は夏の休暇を取る金銭的余裕ができた。口座の残高は、秋までのある程度まとまった蓄えになる。

お金はこの物語では重要な位置を占めているが、問題にならない限りは、それほど重要ではない。だから、これまでお金のことにはあまり触れなかった。

今回のプロジェクトは私が責任者だったが、次のプロジェクトではダンがボスになるから、私は最終的な責任から解放される。私は作業をし、記録済みのタイムシートや請求書をダンに渡せばいい。打ち合わせ、書類の作成、見積もりもしなくて済むし、金銭的な悩みも抱えなくていい。事務作業をダンに任せて、自分は現場作業をすればいいだけの立場だと、ある意味休みをもらえるような気分だ。

48

初夏になり、陽気も良くなってきた。今日は引き渡し前の確認を行う。暗い11月に行った最初の打ち合わせと、新緑が溢れるこの日とではずいぶん景色が違う。お祖父さんが子供たちの面倒を見ている間に、ペータセン夫妻と私は完成した作業を一つひとつ確認した。ダン、タム、ビョーン・オーラヴ、トマス、ヨハネス、グスタウ、ユッカ、ペッター、そして私は、みな自分自身の一部をこの屋根裏の壁や屋根に残している。

夫妻と私は仕様書と作業リストを手にして、屋根裏を回った。一箇所ずつ、完成済み、施主承認済みの欄にチェックを入れる。ほぼ形式的な手続きなので手早く進んでいくが、重要な作業である。これまで私たちが行った仕事や、話し合いの上で夫妻が選んだ結果を、自分たちの目で確認してもらうのだ。

今後、屋根裏の責任は私ではなく夫妻が持つ。彼らが床を確認し、適切に張ってあるとサインをしたら、その後の床のへこみは彼らの責任であり、私の悩む問題ではなくなる。夫妻と私のサインは、物語の結び文句のようなものだ。1月上旬、その物語は同じ言葉、つまり契約書のサインから始まった。

最初に話し合いをしたのも、またこの屋根裏が以前は物干し場だったのも、随分昔のように思える。私たちは確認しながら、さまざまなことを思い出していた。バスルームを見たカーリ夫人は、手作りのオーク家具を選んで良かった、自分たちがイケアの家具を使おうと考えていたなんて信じられない、と言った。夫妻は天井を見上げ、その仕上げに満足しているようだ。屋根の全長にわたる母屋桁を見ると、床面近い高さにあった方杖や繋ぎ小梁を撤去したのを思い出す。

夫妻は無垢の床にして良かった、きれいに張ってあるとも言ってくれた。遊びに来た友人に、バスルームのポプラ材ボードが特に素敵だと誉められたそうだ。フレデリックとイェンスは屋根裏で遊んだことや、自分たちの描いた絵、別荘で湖に浮かべた手作りの船についてよく話しているらしい。私たち職人がいなくなると、子供たちが寂しがるだろうと夫妻は思っているようだ。ペータセン夫妻は書類には書いてないことを、言葉にしてくれる。一家のために私たちが屋根裏を改築したことに、満足してくれている。喜びにはずむ彼らの声を聞くのは、大工冥利に尽きる。

騒音や埃、私の請求書、月曜日の朝の挨拶など、私たちの存在は少なからずペータセン一家の生活に影響を与えていただろうし、それが無くなってほっとするに違いない。そういうものだ。どれだけ職人たちと親しくなっても、私たちともう毎日会わずに済み、また静かな生活に戻れる方が良いに決まっている。

グレフセン［オスロ市内の一地区］の一戸建てで、ダンの施主が私たちを待っている。この家で私たちは窓をすべて交換し、家の外側のパネルを剥がして断熱材を入れた後、再びパネルを元に戻す。暖かな気候の今時分には、ぴったりな仕事だ。そのプロジェクトの間に休暇を取る。またその後は、ガムレビュエンでキッチンを設置する依頼も受けている。

将来どうなるのかは誰にも分からないし、私たち職人の作業用バンが次にどこに向かうのかも分からない。

THE END

監訳者あとがき

本書は、ノルウェーで働く大工が屋根裏の改築過程を綴った日記である。

シンプルな内容でありながら、いろいろな読者の興味を引きつける魅力をもっているのはなぜか、本書を取りまく背景について少し整理しておきたい。

著者は1965年にノルウェーで生まれ、人口が数千人しかいないというアーレンダール市のトロモイ島で育つ。約25年の経験を持つ、熟練した大工である。

本書の特徴のひとつは、この背景となっているノルウェーという国だ。ノルウェーは日本人にとって、近しくも遠い国である。画家のエドヴァルド・ムンク（『叫び』）、作家のヘンリック・イプセン（『人形の家』『ペール・ギュント』）やヨースタイン・ゴルデル（『ソフィーの世界』）、新しいところではポップグループのa-haなども輩出しているが、彼らをノルウェー人として認識している日本人は少ないかもしれない。これはデザインや木工の分野でも同様である。国際的に活躍する建築デザイン事務所のスノヘッタなどはあるものの、シンプルな北欧デザインとしてよく目にするフィンランドやスウェーデン、デンマークなど他のスカンジナビア諸国に比べると、ノルウェーのデザインや木工が日本で紹介される機会は少ない。

本書では、そんなノルウェーに住む大工の仕事や生活が、率直でときにユーモラスな語り口で綴られていく。「寒さが少々和らいでマイナス10℃程度になったので、二人でちょっとはましな気候になって良かったなと言い合った。マイナス20℃はいくらなんでも寒すぎる」といったやりとりには、思わず笑ってしまいつつも、現地の厳しい気候が感じられる。また、温かい昼食を取るエピソードでは「スウェーデン人になったような気分」といった表現があり、ともすればひとまとめにされがちな北欧も多様であることが垣間見える。

本書のもうひとつの魅力は、大工仕事の現場の描写である。技術的な面も興味深いが、おそらくそれ以上に関心を引かれるのが、本筋となる工事の進行と数々の余話によって描かれる、「フリーランスで仕事をする」ということの不安と面白さである。ノルウェーの大工だって、クライアントになるかもしれない相手には良い印象を与えたいと工夫をするし、自営業ならではの仕事（＝お金）の苦労もあるのだ。複数の相見積もりを同時に得られるウェブサイトの普及など、便利と喜んでばかりいられない状況は、どこの職人も同じようだ。そんな現状にときには弱音を吐きそうになりつつも、大工にとって「良質な仕事と悪質な仕事の差は、わずか1ミリだ」という矜持をもって仕事をこなしていくさまは、ある種痛快でもある。孤独なフリーランスであるがゆえに感じられる、仕事仲間に対する敬意や強い連帯感も、多くの人の共感を呼ぶだろう。

本書の翻訳・監訳作業について説明しておきたい。本書はノルウェー語からの翻訳であるが、日本語版とほぼ同時期に刊行予定の英語版も適宜参照している（余談ではあるが、『ある大工の日記』を意味するノルウェー語原題に対して、英語版のタイトルは『Making Things Right: A Master Carpenter at Work』となっており、「物事をきちんとする」といったニュアンスが前面に押し出されている）。

日記という文章の特性上、図面などの手がかりが少なく、そのときどきで大きな問題となった作業がクローズアップされる一方、特に問題なく進行した（と著者が感じた）工事などは簡略的に記録されている。また、途中で著者も触れている通り、全体像や概念的な部分を重要視する建築家や設計者と比べると、大工仕事というのは現場で即時的・即物的に物事を解決して進行していく傾向がある。そのような事情があいまって、その時に現場にいた少数の関係者以外はおそらく詳細を把握できないような描写も多い。日本語版では、あくまで日記として、読み物としての読みやすさを優先するため、必要以上の補足や専門的な注釈などはなるべく避ける方針とした。そのなかでこぼれ落ちてしまっている箇所があったとすれば、それはすべて監訳者の力不足によるものであり、ぜひご批正をお願いしたい。

本書で印象的だと感じた、次のようなフレーズがある。

ストーンヘンジを築いた人々が何を食べていたのか、
どんな言葉を話していたのかは分からないが、
彼らも、てこの原理を気に入っていたに違いない。

どんな仕事でも、自分が手がけている目の前の作業や成果物がちっぽけに感じられるときもあれば、広い世界とつながっている手応えが感じられる瞬間もあるだろう。国や時代を超えて他者とつながることができるのは、大工という職業の醍醐味であろう。

最後に、いくつもの煩雑な疑問点に快く答えてくれた著者に、そして諸々の編集を詳細にしていただいた㈱エクスナレッジの関根千秋さんに心から感謝したい。

二〇一七年九月

牧尾晴喜

[著者紹介]
オーレ・トシュテンセン Ole Thorstensen
ノルウェーのアーレンダールに生まれ、トロモイ島で育つ。
25年以上の経験を持つ大工。現在はオスロ近郊のアイツヴォル在住。

[監訳者紹介]
牧尾晴喜
1974年、大阪生まれ。建築やデザイン関係の翻訳を手がけている。
フレーズクレーズ代表。
主な訳書に、『死ぬまでに見たい世界の超高層ビル』(エクスナレッジ)、
『3びきのこぶた〜建築家のばあい〜』(バナナブックス)、
ISOTYPE[アイソタイプ](BNN新社)、
『建築家・坂本一成の世界』(LIXIL出版)などがある。
ノルウェーの思い出は、マイナス20℃のフレデリクステンで見た樹氷。

あるノルウェーの大工の日記

2017年 9 月28日　初版第1刷発行
2023年 7 月27日　　　第3刷発行

著　オーレ・トシュテンセン
監訳　牧尾晴喜
翻訳　中村冬美/リセ・スコウ

発行者　澤井聖一
発行所　株式会社エクスナレッジ
〒106-0032　東京都港区六本木7-2-26
https://www.xknowledge.co.jp/

問い合わせ先
編集　Fax 03-3403-5898/info@xknowledge.co.jp
販売　Tel 03-3403-1321
Fax 03-3403-1829